世间万物
无一及你

程一 著

江苏凤凰文艺出版社

图书在版编目（CIP）数据

世间万物，无一及你 / 程一著. -- 南京 : 江苏凤凰文艺出版社, 2021.9（2022.3重印）
ISBN 978-7-5594-5865-0

Ⅰ. ①世… Ⅱ. ①程… Ⅲ. ①短篇小说 - 小说集 - 中国 - 当代 Ⅳ. ①I247.7

中国版本图书馆CIP数据核字(2021)第082058号

世间万物，无一及你

程一 著

责任编辑	王　青
特约编辑	丁　旭
出版发行	江苏凤凰文艺出版社
	南京市中央路165号，邮编：210009
网　　址	http://www.jswenyi.com
印　　刷	北京盛通印刷股份有限公司
开　　本	880毫米×1230毫米　1/32
印　　张	8.5
字　　数	170千字
版　　次	2021年9月第1版
印　　次	2022年3月第3次印刷
书　　号	ISBN 978-7-5594-5865-0
定　　价	49.80元

江苏凤凰文艺版图书凡印刷、装订错误，可向出版社调换，联系电话025-83280257

序

你有没有一件事坚持了七年以上？

我有，做"程一电台"。

原本只是做给自己听，没想到陆陆续续聚集了一群和我有一样爱好的人，累到喉咙发紧的时候，脑子里曾闪过一个声音：要不，今天不录了吧……

但总会有一个声音更大声地说：录吧，还有人在等着呢！

于是，一日一期，一期一会。

七年，2500多个日夜，从未有一天缺席。

七年的时间，我们一起度过了无数个难熬的夜晚，也在一路跌跌撞撞中见证了彼此的成长。

七年过去，我从程胖子到程瘦子，间歇性也有一些发胖的迹象；你从稚嫩到成熟，偶尔也还是会有稚嫩的一面。

我在你的鼓励下，走到了台前。我们来到彼此的城市，真切地感受来自彼此的温度，或握手，或轻轻地拥抱。

你或许也曾疑惑，为什么明明我们如此亲近，我却一直戴着面具？

因为程一从来不该是一个特定的人，而应该是每一个在你需要的时刻，陪在你身边，给你力量的人。

就像我的这本书中的七十多个故事，有男生的爱而不得，有女生的少女情愫，有失落，有失恋，也有重重摔倒，又重新爬起。

有些故事你可能似曾相识，有些故事你可能初次相见，但你一定，可以在某一个，甚至好几个故事中，找到那个特别的人的存在，找到自己的影子。

年年有新事，岁岁遇旧人。

那一张张没有揭开的面具之下，是曾给你温暖的人，也是咬牙坚持的自己。

我是在七月的一个晚上写完这段文字的，此时的北京正下着暴雨，我坐在桌前，内心却无比平静。

写完后我把文字发给一位老友。

他笑我，你这"一期一会"用错了，别人的"一期"是一辈子、一生的意思，你这个文化有限的人，竟然庸俗地解释成一期节目一会了。

我笑笑没有回应。

他口中的一期一会，一期是一生，是人的一生中也许只能和对方见一次面，所以要用最好的方式来对待对方。

我这里的一期一会，一期节目，就是一次见面，哪怕知道我们一定还会再见面，我也会在每一次见面，给你最好的一面。

同样的文字，有千百种解释，同一个故事，也会有千万种解读。

我们这一生，会遇见很多人，但大多只是匆匆一面，甚至素未谋面。

但那又如何，我们在有限的人生里，曾经历无限次相遇，用文字、用声音，用我们共同的信仰。

相信无论什么时刻，总会有一个叫程一的人陪着你。

相信哪怕江湖不再有新事，总有一个叫程一的人会和你讲余生的故事。

相信如果是和你，是程一，多少个七年都不会痒。

是无论多少个七年，我们都一如初见，是无论哪一次相见，我们都能不负真心地说上一句：

嘿，你还好吗？我是程一，很高兴认识你。

目 录

PART 1
一个人也没什么大不了

01 单身怎么了？/ 002

02 总会有一个人不期而来，愿意跟你撞个满怀 / 006

03 那悲伤的女子，不是我 / 009

04 我真的太难了 / 011

05 一个人也没什么大不了 / 014

06 如果你在，就好了 / 017

07 他在未来等着爱你 / 021

08 愿那个人会来，愿我们都还有力气去爱 / 024

09 最好的告白，不是我爱你 / 026

PART 2
因为你，我想恋爱了

10 十个最想恋爱的瞬间 / 030
11 为了遇见对的你，我要再多攒一点运气 / 035
12 一个只敢在愚人节表白的胆小鬼 / 038
13 怎么办？我想恋爱了 / 041
14 我再也不想一个人过情人节了 / 043
15 一定要遇到这样的他再去谈恋爱 / 046
16 希望明天会是好天气，适合出门遇见你 / 049
17 不过是因为我喜欢你 / 052

PART 3
生活很难，还好你甜

18 熬过异地，就是一生 / 056
19 等我们老了，就定居在重庆 / 058
20 生活很难，还好你甜 / 064
21 我的未来，只想和你这样过 / 067
22 香橙小姐和摩卡先生 / 070
23 我爱你，还有我愿意 / 074
24 下一个哈尔滨下雪的冬天，我们结婚吧 / 077
25 在一起就要有一辈子的觉悟 / 081
26 杭州没有白娘子，但是有你 / 084

PART 4
今天也要爱自己呀

27 别和只在晚上找你的人谈恋爱 / 090

28 别心软,别回头 / 094

29 爱我,你不需要她来教 / 098

30 别说喜欢我,却什么都不做 / 102

31 我给你最后的温柔,就是放你自由 / 104

32 算了,你还是不要喜欢我了 / 106

33 再喜欢,也不要弄丢了自己 / 109

34 这样聊天,难怪你找不到对象 / 112

PART 5
错过也是人间常态

35 我们终于成了爱了很久的朋友 / 116

36 那是你离开了北京以后的生活 / 120

37 男孩,不哭 / 125

38 你不爱我,我不怪你 / 128

39 别人的故事里有我们的结局 / 131

40 我想你,但是我们回不去了 / 135

41 我还爱你,但是我不会再喜欢你了 / 138

42 一个暗恋者的孤单心事 / 141

PART 6
承蒙厚爱，后会无期

43 别问我们爱过吗？/ 144

44 旅行的意义 / 152

45 分手的第一天有多难熬？/ 155

46 那不过是我一个人的天长地久 / 158

47 你们还在一起吗？/ 162

48 那些年，我爱了很久的姑娘 / 165

49 哪有那么多突然放弃 / 170

50 要不，你删了我吧 / 173

PART 7
心上人都是远方人

51 你就别再想起我 / 178

52 除了你，我不想喜欢任何人 / 180

53 我准备好用一辈子去忘记你了 / 183

54 愿你能早日放下他，也放过你自己 / 186

55 别再等一个不可能的"晚安"/ 192

56 真正喜欢你的那个人，不会舍得让你哭 / 194

57 不如算了吧 / 197

58 关于郑州，我知道的不多 / 200

PART 8
所有的等待，都和你有关

59 一封信，写给想要和好的你们 / 206

60 如果是你，晚一点也没关系 / 209

61 原来你就在身边 / 213

62 因为我有了你啊 / 216

63 我不喜欢意外，但你是例外 / 219

64 好想有个人，坚定地喜欢我 / 223

65 找一个懂你委屈的人在一起 / 225

66 我爱你，从来都只是因为你是你 / 227

PART 9
世界和我，你都不曾错过

67 没人给你光亮，那就成为自己的太阳 / 232

68 给妈妈的一封信 / 235

69 你一定也想过放弃吧 / 238

70 你有多久，没有放声大笑过了？ / 241

71 如果不开心，请你一定要说出来 / 243

72 莫负一生好时光 / 246

73 就这样一夜长大 / 250

74 你想要的明天，会如约而至 / 253

PART 10
给"程一电台"的告白书

75　你一定要幸福啊　　小 庄 / 256
76　我的圣诞老人　　唯 一 / 258
77　因为你,我离梦想又近了一步　　云 晞 / 260

PART 1

一个人也没什么大不了

单身久了会孤独吗?
也许有一点。
只有一点……

01 单身怎么了？

我身边有很多三十岁以上的单身朋友，他们因为单身，可能或多或少都曾感到来自家庭和社会的压力，甚至是来自朋友的一些异样的眼光。但如今的他们，已然"修炼"出强大的内心，并勇敢地做自己。单身只是一种生活状态，没有好坏，更无须大惊小怪。

下面的故事来自我的一位单身好友小慧，如今的她已经嫁做人妇，但她表示愿意踏进婚姻和愿意单身一样，都是个人的选择，都值得被尊重。

单身可耻吗？

一点儿也不。

单身只是一种生活状态，不管是主动选择的，还是被动造成的，都不妨碍你做一个认真生活，乐观宽容的人。

01

一到"双十一"、情人节、圣诞节、春节，甚至有时都不是什么节日，总有人追问我："你还是一个人吗？"每次听到别人这么问，我都很想甩一个白眼，回一句："不然呢？不是人，我是什么？抱歉，让您失望了，我是单身，不是狗。"

不知道从什么时候起，人们开始对单身男女这样一种"生物"抱有莫大的同情，而此类人群中的一部分也开始认同这样的心态，除了每天嚷嚷着"秀恩爱，分得快"，就是各种扮可怜，"求带走"。

02

我是一个单身了22年的人，本来我觉得这没什么好大惊小怪的。可总是有一群自诩情感专家的人围着我说"哎呀，你这样不行，你那样不好，你学学人家，难怪你没有男朋友"。这种话听多了，我开始怀疑自己是不是真的不够好，至少在别人看来我还有这样那样的缺点，所以导致我活了二十多年，依旧是别人眼中单身的"可怜虫"。

渐渐地，我没有了与人交往的兴趣，我开始和外界隔绝，一个人在修炼孤独的道路上越走越远。如果孤独分等级，我想我一定已经通关登顶，达到了最高级。

没有约会，没有外出，除了必要的出门上班，下班后也从不约活动。

我的电话除了快递小哥，基本不会有其他人能让它响起，我甚至都不需要买新衣服，因为下楼拿快递睡衣搭外套就足够。也不需要花一大堆时间琢磨哪个口红颜色更好，因为头都懒得洗，自然更懒得化妆。

所以生活就只剩下每天抱着手机，朋友圈、空间、微博，各种社交软件翻来覆去地刷新。尽管没有任何和我相关联的内容——因为我根本就没有参与所谓的同学聚会、闺蜜聚餐，但我能通过点赞、评论在朋友圈凸显存在感。

我已经记不得上一次与好友见面是什么时候，快忘了朋友间的拥抱是什么滋味，只记得她在朋友圈发了一条悲伤的动态，而我在下方评论了一排"抱抱"，是的，我的闺蜜哭了，而我回了她一排表情符号。

就这样过了一段时间后，我不但依旧单身，甚至变成了一个身材走样、邋里邋遢的"黄脸婆"，镜子里的人让我自己都皱起了眉头。

03

在很长的一段时间里，我都处于这样一种状态，以"单身"没人喜欢的借口自甘堕落，活成了自己无比唾弃的样子。完全忘了比爱别人更重要的是爱自己。

脱离这种状态是因为看到了一个热门博主在微博上发问"说一说为什么你现在还是单身"，评论里有说是因为受过伤所以不愿意开始了；有说因为喜欢我的人我不喜欢，我喜欢的人又不喜欢我；也有说是因为学习和工作太忙了，无暇考虑感情。其中有一个回答很戳中我，那就是：因为不想将就。

因为不想将就，所以我要找到那个和我一样认真生活的人，才会开始一段恋情，而为了遇见这样的人，我需要的是不断学习，做更好的自己。

04

信息时代似乎什么都追求迅速，有的人在爱情上也开始追求效率。他们广撒网，捞着一个是一个，哪有那么多的小悸动，敢爱不敢说？有些人只是看到对方心跳快了那么一点儿，就马上下手，合不合适谈了才知道，不合适就分手，反正还有下一个，然后继续挑挑拣拣。

而我们这群不愿将就的人，会慎重地考虑每一段感情，生怕自己对别人造成什么伤害，当然，也怕委屈了自己。

其实这 22 年里，我也不是没有人追，只是大都没有下文。因为我清楚地知道自己想要的是什么，所以有些人，注定只能是闲杂人等。

现在的我从不以单身为耻，除了偶尔朋友间互相调侃两句，再不会听从谁的情感指教。

05

所以说，我单身，不是因为我不够优秀，也不是因为我眼光高，只是因为暂时还没有出现那么一个人，他吸引得了我，我也入得了他的眼，两个人可以相看两不厌，携手共白头。

在那个人来之前，我要做的，就是自在地活成我自己想要的样子，那些想要以单身这个理由看轻我的人，请先过好自己的生活。

虽然我还是一个人，但我只是单身，不是狗。

02 总会有一个人不期而来，愿意跟你撞个满怀

好像每个人都渴望这样的完美人生，在十八岁的时候，就能遇见喜欢的人，然后谈上几年的恋爱，到了二十五岁适婚的年龄就和喜欢的人步入婚姻，一起度过余生。

可很多时候，我们十八岁时找不到喜欢的人，二十五岁时喜欢的人不一定愿意和你结婚。

所以，单身不得已成了我们生活中的一种常态，但是，单身的人却有各自的单身状态。

每个单身的人心里都有一个不可能的人

相信每一个单身很久的人，不是真的不想谈恋爱，只是等不来心中的那个人，所以，一直单身罢了。

也不是说甘愿单身，也不是没有人追，只是因为心里已经被那个不可能的人填得满满当当了，所以，再也没有多余的位置给别人了。

我们不愿单身，更不愿将就

我们努力去靠近那个喜欢的人，以为把真心交付出去就能换来那个人的喜欢，可到后来不过是得不到喜欢的人，也错过了其他人的喜欢。

所以，我们宁愿保持单身，也不想再分手了。

很多人谈恋爱的时候都是想和对方一起走完余生的。我们会因为对方哭，因为对方笑，哪怕对方的一点小举动都会牵扯自己的情绪。

你以为你们可以走到谈婚论嫁这一步，可对方说和你分手，就真的跟你两不相见了。

不管你愿不愿意，你还是得接受你们分手的事实，但是你始终都弄不明白，明明相爱的两个人，为什么对方说放下就放下了？

所以，你怕了，怕再次恋爱还是会重蹈覆辙，哪怕有人想跟你谈恋爱，你也不敢轻易去尝试了。

你开始嘴上说着单身其实挺好的，可只有你自己清楚，无数个深夜你还是会因为那段无疾而终的感情暗自感伤。

享受单身美好，"佛系"恋爱

你觉得单身的状态其实也没有什么不好，一个人的生活也不一定就孤独。

单身时，你会尽情地享受单身的美好，一个人独享大份套餐美食，一个人独占双人床肆意翻滚，一个人跑去逛街、看电影，一个人享受第二杯半价，完全不需要另一个人来参与你的生活。

关于恋爱这件事，你全然交给了时间，你相信自己不可能一辈子单身，迟早你会遇到一个人愿意跟自己一起风花雪月，愿意给自己一个寄托牵挂的家。

这个人总有一天会在茫茫人海中找到你，哪怕来得再晚，你都没有过分着急，因为你知道，和你相扶到老的人一定在风尘仆仆地赶来见你。

其实，无论此时的你是以怎样的状态单身着，我都愿你可以享受单身时的美好，也同时具备爱人的能力。

有人爱时就用力去爱，单身时也要满怀期待，因为总会有一个人不期而来，愿意跟你撞个满怀。

03 那悲伤的女子，不是我

也许有些时候，你会觉得周遭的那些快乐仿佛都与你无关。你的情绪，这世界也难以理解。可我想说，那又怎么样呢？

有时候，孤独能让人更明白自己想要什么。

这是一位勇敢的女孩的心声，我相信她一定会有很好很光明的未来。

李宗盛有一首歌叫《给所有单身的女子》，我特别喜欢，尤其是其中的一句歌词：如果一个悲伤的女子从你身边走过，你放心，那不是我。

恢复单身以后，我越来越讨厌过节，我讨厌这个世界总是用过分的热闹，来反衬我的寂寞。

商场里被各种促销广告充斥着，广告语也是十分类似，大抵不过都是没有人宠，那就自己宠自己。

然而物质带来的欢愉都只是片刻而已，今天喜欢的裙子，明天很有可能就不喜欢了，就像曾经喜欢的人，今天还说着永远，明天就转身去牵了别人的手。

有人问我，你还相信爱情吗？

我说当然相信啊！失恋又没什么大不了。

况且，单身的日子其实也不是那么难熬，每天按部就班地工作和生活，让我练就了一颗强大的心脏。再也没有什么可以轻易地让我掉眼泪，也再没有什么可以让我心软到慈悲。

身边的朋友这几年都陆续有了自己的家庭，而我的周末经常是一部电影就可以打发了。成长就是曾经你特别喜欢吃膨化食品，但是现在，你会怕它影响了你的身材。

毕竟岁月对于女生来说，可一点儿都不宽容。

但好在，成熟让你在面对孤独的时候，更懂得如何享受。

其实一个人没有什么不好，想去哪座城市旅行，只要攒够了钱就能立马出发；年轻时喜欢的歌手开演唱会，只要抢到票就能到现场去为他欢呼鼓掌。

对于那些所谓的"该找男朋友了"的言论，我想说，你大可不必理会，这是你的人生，何必为了与你无关的人而去勉强自己。

对于那些乱七八糟的节日促销广告，你大可不必在意，如果真是特别喜欢的东西，何必要等到这一天再去拥有。

对于那个偶尔会在午夜梦回时扰乱你心绪的人，你大可不必惦记，反正过去了就都过去了，现在的你值得拥有更好的人。

对于那份时常会让你感到头痛的工作，你大可不必纠结，它能给你带来的阅历，如果还不如你自己去经历来的饱满，放弃也不是不可以。

你的确要学会温和，但是也不能软弱。

你的确要学会坚强，但是也不能逞强。

不要为了一场无法融入的喧嚣感到沮丧，尽情去做让你觉得开心的事，把生活过成自己想要的样子，哪怕没有人把你当成公主，你也将会是自己的女王。

04 我真的太难了

昨天跟朋友吃饭，结束的时候他问我接下来有什么安排，是不是要回去陪女朋友。

我回答说我单身，没有女朋友。

他非常讶异，紧接着又说，不会吧，你怎么可能单身？

不知道你们是不是也会这样，单身久了，总会收到一些莫名的关心，同时也会伴随着一些误解。

我找了五个单身的听众来聊一聊，他们在单身的过程中，都受到过怎样的误解。

一个人可以撑起整个世界，不需要男朋友

单身二十六年，我会换灯泡，会通下水道，会做饭，最重要的是会赚钱。

时间久了，大家都默认我不需要男朋友。

但其实我也希望在我项目失败的时候有一个人来跟我说"别怕，有我在呢"。

我也想跟小女生一样挽着男朋友的胳膊去约会，内心其实是很想谈恋爱的。

我的眼光真的一点儿都不高

身边很多人都曾对我说:"你眼光那么高,不好找对象吧?"

我的眼光一点儿都不高好不好!什么"高富帅"从来没想过,只是希望对方能够脾气好,能够互相理解彼此就行。

其实我跟大家都一样,只是想要一场普通的心动而已,只是不愿将就而已,怎么到了别人眼里,我就变成眼光高了?

异性朋友多就是花心?我冤枉

我有很多的女性朋友,但没有一个成了我的女朋友。

很奇怪,我明明是很容易吸引异性的,女生们希望男朋友有的特质,温柔、体贴、幽默感我都有,可不知道为什么,就是找不到女朋友。

后来才听别人说,因为她们觉得我女性朋友太多了,一定很花心,因此也就没有女生愿意跟我在一起了。

我真的冤枉啊,就算说我花心也得给我个机会是不是!

你那么好看,一定有男朋友吧!

"你那么好看,一定有男朋友吧?"

只要是见过我的人都说:"你身材好,长得漂亮,肯定有男朋友!"也不知道这是什么逻辑。

也正是他们觉得我有男朋友,所以渐渐地全都打消了追求我的念头。

气死我了，既然觉得我好看，那你们倒是追我啊！

你还单身，是不是因为忘不了他？

我跟前任从高中开始谈恋爱，在一起六年，分手以后很多我们共同的朋友都来安慰我。

刚开始的时候我真的挺感谢他们的，毕竟他是我的整个青春，但不爱就是不爱了，也没什么遗憾的，我总要开始新生活。

然而，在他们看来却不是这样的……每次聚会，都有人用同情的眼光看着我，然后问我是不是还忘不了他。

长这么大，要不是他们，我都不知道我自己这么痴情。

希望赶紧有人来跟我谈恋爱，我真的不想再当苦情戏女主角了。

以上就是五位单身朋友的分享，有时候觉得单身还真的挺不容易的，明明一个人已经够辛苦了，还要承受着这么多的误解。

都觉得长得好看的人不缺人追，但其实他们没有人追。

都觉得优秀的人眼光很高，但其实他们只想谈普通的恋爱。

异性朋友多的人一定花心，分手后没恋爱的就是忘不掉前任。

希望大家不要再对单身的我们有什么误解了，其实我们也需要被关爱。

明人不说暗话，跟我谈恋爱，不然，我咬你。

05 一个人也没什么大不了

每当万家灯火的时候,还在远方漂着的你,是否也有点想家?
是继续坚持?还是决定放弃?内心不断拉扯。
感谢自己又扛过一个孤独的深夜,明天是更靠近梦想的一天。

深夜两点四十七分,我合上电脑,熄灭了房间里的最后一盏灯,打开手机刷了一会儿微博,突然想找个人聊聊。

转头发现舍友已经睡了,我翻遍了通讯录,也没能找到一个半夜陪我说说话的人。

今年是我来北京的第六年,大学毕业的第二年。找了一份别人看起来还不错的工作,在五环外的城乡接合部租了一间房,四居室,一共住了十个人,共用一个厕所,我住其中一间,房租两千五,我和同事平摊。

谈过一个女朋友,三个月的时候分的手,不是不爱了,只是在一份只够养活自己的工作,和一个我还没有能力养活的爱人之间,我选择了前者。

那时候工作刚起步,我们每天忙得昏天黑地,下班回到家,不是她睡了,就是我累了。

她在城西,我在城东,见上一面来回车程就要四五个小时。她哭着和我说分手。我永远都忘不了,她在电话里说的最后一句话：

"你看多可笑，就连分手，我们都只能隔着屏幕说了。"

那天我去找她，到她家楼下的时候已经是两小时后了。11月的北京，风真的很大，我站了整整一个晚上，她没有下楼，我们分手了。

我从来没有像那一刻那样痛恨过，这个装着我梦想的北京，竟然这么大，大到我爱的人哭了，我都不能第一时间赶过去抱抱她。

这一年里，我不敢往家里打电话，偶尔打个电话，我也只是简单地问候几句，就匆匆挂断。我总说我工作太忙，没有时间。但其实只有我自己知道，我不给家里打电话，是因为我害怕。

我怕……我怕我妈听出我过得不好；我怕他们问我过得怎样的时候，我会在电话里哭出来；我怕我忍不住告诉他们其实我一个人很累，我也想放弃，我想回家。

我知道男人应该更坚强一点儿，所以我从来不和别人说我过得怎么样，谁问我，我都轻描淡写，一笔带过。我一个人挺好的，真的，什么都挺好的。

工作虽然薪水不高，但每个月能往家里寄点儿生活费，能撑起一个家的感觉，真的让我打心底里感到骄傲。住的虽然不算太好，但室友偶尔的关心也能让人心里暖暖的；生活虽然还有不如意的地方，但我的梦想没丢，我还知道自己想要的是什么。

虽然现在一个人的日子真的很难熬，但我知道，总会好的。

总有一天，我会笑着和别人说起这些年我一个人在外面吃过的苦。

总有一天，我能给辛劳了大半辈子的父母更好的生活。

总有一天，我能遇见那个我想照顾一辈子的姑娘，而我是真的有能力照顾她一辈子。

有时候想想，其实也没什么大不了的。没在深夜痛哭过的人不足以谈人生，没在生活里跌得满身泥泞的人不足以谈理想。

其实也没什么好惧怕，我还有梦、有家、有爱。其实也没有多难熬，不过是有些苦只能一个人扛，不必和任何人提起罢了。

其实真的没什么大不了的，你总要学会一个人长大，一个人撑起一个家，一个人抵过千军万马。

06 如果你在，就好了

单身的人什么时候最难受？什么时候想谈恋爱的冲动最强烈？

第一级：情人节

第二级：身边有人摆脱单身

第三级：情人节身边有人狂秀恩爱

一到情人节，还单着的朋友总是容易被各种"关怀"，小于就是其中不能幸免的一个。

一个关于"舍友恋爱了，我更孤单"的故事，分享给你。

合租的室友跟前男友和好了，两个人都在北京，自然是要住在一起的。周末她男朋友过来帮她搬了家，室友是个标准的小女生，零零散散的东西很多，男生忙得满头大汗，一点儿重物都没舍得让室友拎。

临走的时候，室友满脸抱歉地问我："我走了，那你一个人怎么办？"

我说没事的，我一个人可以的。

是啊，我一个人可以的，单身这些年，每次别人问我需不需要帮忙，有没有事的时候，我都会习惯性地脱口而出："没关系，我一个人可以的。"

我一个人可以的，可以不需要任何人的帮忙，一个人坐火车回家，也可以不求助任何人，把装得满满的26寸行李箱放到行李架最上面。

我一个人可以的，可以备好各种样式的防狼喷雾，学各种女子防身术，一个人走加班回家的夜路。

是啊，我一个人可以的，这么多年一个人的日子都熬过来了，现在不过是又回到一个人住的日子而已。

不过是闹钟不响，再也不会有人叫我起床，提醒我再不起床，上班迟到就要被扣工资了。

不过是一个人生病，只能一个人扛，热水自己烧，热粥外卖自己点。

不过是原本被两个人的东西挤得满满当当的房间，瞬间空了一半，我会有一点点的不习惯。

前两天我们还在计划两个单身女生的情人节怎么过，我们要给彼此买最好看的玫瑰花，买最好吃的巧克力，用最高傲的姿态，告诉这个世界，单身的七夕照样可以过得很好。

但是这些现在都没有了，她有了她的玫瑰花，她的烛光晚餐，而我躲在家里做饭，都要担心一个人吃不完。

我记得室友和前男友吵得最凶的那段时间，整夜整夜地哭，因为她在男友手机里看到了一条暧昧短信，男友打电话和她解释了三小时，但她依旧无动于衷，之后选择了冷处理。

我安慰她说，没事的，恋爱总要磕磕碰碰。当时就在想，是啊，爱情总要磕磕碰碰，可我连个愿意和我磕磕碰碰的人都没有。

那是我第一次觉得一个人好像也没有那么好，如果有个人能和我煲电话粥就好了，哪怕偶尔会有小争吵，至少不会让我在深夜一个人被孤独追着跑。

也曾谈过一段无疾而终的恋爱。那是我工作的第一年，每天想着怎么让上司看到自己的努力，恨不得一天二十四小时都奉献给工作。他也处于事业上升期。每天不是他忙，就是我没时间，从一开始的一天不联系到一星期不联系，再到一个月之后的默认分手。

后来，我看过一句话，"你忙归忙，有空别忘了爱我"。现在想想，当时的我们终究还是不够爱吧。我没有爱他爱到在工作之余还会想起他，他也没有爱到愿意为我放下身段，主动和好。

也许是看透了感情，我对之后所有人的示好都要再三考虑，担心重蹈覆辙。也许是单身久了，已经习惯一个人的生活，任何人来了，都觉得是打扰。

有人说，你就不害怕你要这样一个人过完这一辈子吗？

怕！怎么会不怕？没有什么比孤独终老更可怕的事情了。我怕心事无人可说，怕心酸无人能懂，更怕就连心动，也无人能给了。

我还是会在别人问我为什么不谈恋爱的时候，嘴硬地回上一句，一个人多好。

是，一个人挺好的，自由自在，无拘无束。喜欢的花我可以自己买，新上映的电影我可以自己看。

只是偶尔还是会希望在北京冬天的大风里，冻得瑟瑟发抖的时候有人能够拥我入怀，在我被现实打压得喘不过气，想要放弃的时候，有个人能够对我说一句："别怕，你还有我。"

我还是会在别人问起的时候回一句"单身万岁！"，但心底还是希望你能够早一点儿出现，看破我的逞强，戳穿我的伪装。

我不想再一个人过情人节了，也不想再一个人尝遍所有孤独了。如果有你，未来可期。世界瞬息万变，我是你的绝无仅有，你是我的坚定不移。

一个人很酷，但我不想受了委屈也只能躲起来一个人哭；一个人很苦，如果你在，就好了。

07 他在未来等着爱你

活了二十多年没谈过恋爱，是怎样一种体验？

一个二十一岁，没谈过恋爱的女生的自述，读完你就会明了，可怕的不是单身，只要内心期待着，就不会害怕孤独了。

很长一段时间里，我都很抗拒过生日这件事情，不是因为觉得自己又老了一岁，而是因为十八岁以后，所有人对我的生日祝福都千篇一律：祝我早日摆脱单身。

我不知道从什么时候开始，单身，成了我在别人眼里最明显的标签。好像全世界都很在意我单身这件事情。

我今年二十一岁，喜欢过别人，但真正意义上的恋爱，一次都没有过。

身边的朋友，对象换了一个又一个。我迷茫过，也想过先随便找个人试着相处，至少先堵住别人的嘴，让自己脱离单身没人疼这个可怜的境地。

但最终还是没能过自己心里那一关，毕竟，喜欢的感觉假装不来，伪装的心动也难以持久。

虽然路过中心广场，看到有人在大庭广众之下求婚的时候，还是会羡慕。

看到偶像剧里男女主角圆满结局的戏码，还是会感动得热泪盈眶。

即使周围人总劝我要现实一点,我还是想守住自己那颗还没破碎的少女心。

我记得十八岁的时候,别人问我准备什么时候谈恋爱。我说我要在二十二岁的时候找一个比我大五岁的男生,谈三年恋爱,在他而立之年结婚。

二十一岁的时候,我才发现,完成这个目标有一点儿来不及。对于一年内找到那个和我相伴一生的人这件事情,我毫无信心。

比起爱而不得,更可怕的是,我就连发呆,都无人可想。

你问我害怕吗?

怕,怕没有任何恋爱经验的我,不足以了解自己,也不知道吵架的时候怎么缓和关系。怕我会在不恰当的时候乱发脾气,怕我因为这个而错过一个很爱很爱的人。

怕我单身久了,会丧失爱人的能力。

说来也是可笑,我才二十多岁,就担心再也遇不到那个喜欢的人了。

却又不想为了别人的一句"你应该恋爱,你应该和他试试",而妥协。

比起孤独,我更怕因为将就错过了那个真正赶来爱我的人。

现在的我,每天十一点半准时上床,听着电台入睡,不用等任何人的晚安。偶尔会因为生活中的一些琐事而小小的失眠,但更多的时候,是带着对未来的期望安然入睡。

我还是会在商场花超出预期的价格买一条心仪已久的裙子,不会因为现在没男朋友而亏待了自己。

看过一句话:"希望你把穿好看的衣服,读好书,化精致的妆容过成一种常态。因为偶尔装扮,是活成别人喜欢的样子,坚持这样做，是取悦自己。"

说实话，我特别担心未来没有人爱我。但我更担心，那个人来的时候，我没有与之相配的能力。

我知道等待是一个很漫长的过程，但我会尽可能地不去慌张，不去着急，把焦虑的时间用来充实自己。

不论现实怎么样，别人怎么说，我都依然相信，我有遇见真爱的运气。

在那之前，我会坚持等下去。等一个真正爱我的人，在余生漫长的时光里，与我相依。

08 愿那个人会来，愿我们都还有力气去爱

希望你任何时候都不要失去爱一个人的勇气，
要坚定地等到那个真正合适的他出现。
这是一个在爱中等待的女孩的故事，希望读完这个故事，能让你再勇敢一点。

不知道你是不是也跟我一样，有过这样的想法：认识一个人是一件很累的事。

懒得去迁就别人，也担心自己会成为别人的负担，遇到一个让彼此都觉得合适且舒服的人，真的好难。

大学时也曾谈过一场恋爱，两个人相爱的时候，每一天都是热烈的。

走街串巷地把整个城市的小吃都吃了一遍，每一个可以"打卡"证明我们相爱的地方都必定有我们去过的痕迹。

谁都觉得我们是一定会结婚的，我也是这么认为。

为了爱情我也曾像个小女生一样做过很多迷信的事，算命的说我们是天作之合，我就信我们一定可以成为令人艳羡的一对。

每当一起参加活动，我必要牵着他，让众人看到我们的甜蜜。

殊不知再亲密也是需要空间的，等到他说累了想分手的时

候，我才意识到原来爱情真的没有我想的那么简单。

曾经我以为他是这个世界上最适合我的人，我们有相同的爱好，一致的口味，就连星座也是百分之百的匹配度。

可最终分手的时候，我问他为什么，他给的回复却是，不合适。刚开始我真的恨极了他，恨他悄无声息地夺走了我最好的爱情，还用这么蹩脚的借口来搪塞我，我甚至怀疑他是在外面有了别人，所以才迫不及待地想要跟我分开。

直到后来我才慢慢明白，有共同的爱好那不叫合适，口味一致也不叫合适，真正的合适，是要让两个人都能感到舒适。

一个合适的人，是会让你放下所有的防备和偏见的。

一切都是水到渠成般的自然，你会给他一百分的信任，他会懂你所有的欲言又止。

你们做任何事情都不需要向对方解释，你们会理解和尊重彼此。

变老是一个漫长的过程，但是对于合适的两个人来说，时间真的什么都不算，因为每一天都是充满期待而饱含幸福的。

在我特别喜欢的一部电影《西雅图夜未眠》里，男女主角最后在帝国大厦通过一个眼神就认定了彼此是对方未来可以共度余生的人。我一直觉得合适的两个人是有特异功能的，他们会默认让自己在还未与对方遇见的时间里变得更好。

他们或许也会与其他人恋爱，但是从他们相遇的那一刻开始，他们会把所有的温柔、耐心，只给这一个人。

有人说爱情要等，可是我等了这么久，却始终不知道会在什么时候才能遇到这样的人。

我很怕我再也没有遇见他的运气了，但是除了等，我却什么都做不了。好在还年轻，我还有大把的时间。愿那个人会来，愿我们都还有力气去爱。

09 最好的告白，不是我爱你

我说过好多情话，宠溺的、隐秘的，但在告白的时候，都比不过一句直白的"和我在一起，好吗？"

送你一个表白秘籍，挑选使用，结合实际情况适当改编，效果更佳。

我是从什么时候开始喜欢上你的呢？我也不知道，或许是第一眼见到你，又或许是时间一长，想你已经变成了一种习惯。

戒不掉，我也不想戒。

我喜欢你，目之所及是你，心之所想也是你。

我能想到所有和恋爱有关的事情都与你有关。

想和你一起吃遍世界上所有好吃的。吃麻辣小龙虾，我帮你剥虾，你帮我擦手。吃火锅，如果你冲我撒娇，我一定毫不犹豫地把最后一颗鱼丸让给你。

想带你去一次游乐场，我要在摩天轮升到最高点的时候偷亲你，在旋转木马上看你幼稚地回头冲我傻笑，在过山车上握紧你的手，告诉你，有我在，别怕。

想去接你下班，陪你坐一次末班车，坐在最后排，从始发站到终点站，我想和你一起穿越整座城市，哪怕漫无目的，只要坐在我身边的是你。

不只这些，我想和你做的还有很多。

我想和你一起跨年，一起倒数，一年的末尾我想和你一起度过，新年的伊始我也想有你在身边。我这人向来懒惰，只想和你岁岁年年，得过且过。

如果你喜欢的话，我可以和你穿上情侣装，走在人潮拥挤的大街上。虽然看起来很傻，但我想向全世界宣告，你是我的。

还有啊，我想和你一起旅游，去哪儿都好。如果是你，同城一游也开心，如果不是你，环游世界我也不乐意。

我们可以去海边，在盛夏的晚上，我们一起手牵着手去沙滩，走得累了，我们就坐在沙滩上休息一会儿，我抱着你，听着海浪的翻滚，你躲在我怀里，听着我心跳的声音。

去看雪，我想和你并肩躺在冰天雪地里，我想在冒着雾气的玻璃窗上写上"我爱你"。

去看日出，在第一缕阳光刺破黑暗的时候，我一定要抱紧你。

最最重要的，我们一定要去彼此的家乡，我想去你长大的地方看看，补齐我缺席的过去。我也想带你回我的家乡走走，温习一下遇见你之前，我一个人乖乖等你的时光。

其实你知道吗？我不只是想带你回家，我还想和你有个属于我们的家。

家一定要我们一起装扮，客厅要放一个软软的沙发，这样周末我们可以窝在家里看电影，阳台要是落地窗，窗帘用你喜欢的颜色。

如果可以的话，我想在家里养一只猫，偶尔我不在家的时候，它可以陪着你。

不忙的时候，我想和你一起逛超市，我想和你过柴米油盐的平淡生活，我们会为了选哪个牌子的番茄酱而小小争执，最终你会迁就我，然后我会趁你不注意，偷偷往购物车放一包你喜欢的巧克力豆，哄哄你。

啊，还有。我想和你一起做饭。我厨艺不精，可能会不好吃，但你最爱吃的那道菜我一定会认真学。如果你能做一道我喜欢的菜给我吃，就更好了。

想和你一起做的事真的很多，一起起床，在对方睡眼惺忪的时候道一声早安，一起吃饭，一起睡觉。一起笑，一起闹。

想要和另一半一起完成的事情，有很多。

但能成为我另一半的人，我只能想到你。

其实不论大事、小事，只要与你有关，就是最重要的事。

不论好事坏事，只要是和你一起，就是我一定要做的事。

我喜欢你，前半生未完，余生待续。

PART 2

因为你，我想恋爱了

明明我一个人也可以走过漆黑的路，
怎么你一出现，我就突然不勇敢了。
所以，可不可以来了就别再放开我的手？

10个最想恋爱的瞬间

也许你也经历过被别人说"你单身那么久,一定是你太挑了"的时候。

其实你也想要尽快地结束一个人的独居生活。

至少在这些瞬间,我相信你受够了单身带来的孤独和异样眼光。

01

"男神"有一部爱情电影上映,你本该第一时间就买票支持,但是一想到电影院肯定被情侣们给占领了,你就像一只泄了气的皮球。

周一上班你听到同事都在议论他在电影里有多帅,你完全插不上话,不知道谁突然提到一句"哎,你不是喜欢他吗,去看电影了吗?"

你尴尬得不知道该说什么好。

02

加班结束后从办公室出来,只有肯德基还在营业,你知道这东西吃了会胖,可没办法,隐隐作痛的胃不允许你任性。

叫了份套餐，吃到一半不小心把饮料打翻，你手忙脚乱地收拾了一下现场，然后去了洗手间洗手，回来的时候发现，桌子上已经空空荡荡。

你站在原地觉得胃好像更痛了。

03

租房合同到期，房东说他儿子准备结婚了，怎么都不同意让你续租。

你微信里加了不下二十个中介，找房子倒不是很难，但是搬家让你很是头疼。

你住在老式楼房的六层，没有电梯。搬家公司开口就要500块，你看看银行卡里的余额，咬咬牙决定自己来。

好不容易挪到二楼，你的行李箱突然炸开，里面的衣服和日用品掉了一地，一片狼藉。

你终于没忍住，在空荡荡的楼道里，放声大哭。

04

过年回家，扛不住你妈要跟你断绝母女关系的要挟，你终于妥协了，进行了人生第一次相亲。

对面坐着的男人说他刚满二十八岁，肚子却比你爸的还大，头发还没他的多。

你不知道该说什么，只能不断地喝水。

回家的时候你妈怪你不上心,狠狠地骂了你一顿,你没吱声,只是默默地改签了火车票。第二天当你站在空荡荡的火车站时,你在心底暗自发誓,明年一定不回来。

05

在拥挤的地铁上,你感觉到有人在摸你的腿,本以为是小偷,一回头就看到一个鼻毛外露的男人正一脸猥琐地看着你。

你忍不住一阵恶心,正好地铁到站,你换了个位置站,结果他却跟了上来,你吓得一身冷汗。局促间不小心踩到了一个女生的脚,刺耳的尖叫声传来,整个车厢的人都看向你。

这不是你第一次讨厌人群,却是你第一次害怕人群。

06

半夜被噩梦惊醒,在黑暗中你摸了半天找到手机,想找个人陪你说会儿话,可是打开微信,即使你有三千个好友,却不知道要找谁。

07

接到大学室友的电话,她邀请你做她的伴娘,你想拒绝,可寝室四个人只有你还未婚,你没有任何拒绝的理由。

婚礼上见到了很多好久不见的同学，寒暄时不免被问到什么时候才能喝上你的喜酒，你只能保持微笑说不急。

其实你的心里，比谁都急。

08

好不容易等到假期，你计划了很久的一次旅游终于可以提上日程，刚上火车，一个面目清秀的男生走过来问你："能跟你换个位置吗？我女朋友身体不太舒服。"

除了说"当然可以"，你也不知道该怎么拒绝这种深情。

09

在微博上看到美食博主的分享，你对着屏幕一直在咽口水，评论被各种"艾特"占领。

本来想转发的你，在这一刻突然有了迟疑。

10

因为贪凉，多吃了冰激凌，"大姨妈"提前到来，让你措手不及。

钻心的疼痛袭来，全身冒着冷汗，还要强撑着起床去烧热水冲红糖。

这么多年我那么努力地学习做一个大人,其实只是为了在那个人面前做一个小孩。

最好的爱情不是只有我一个人觉得终于等到你,而是我们在一起,彼此都觉得是刚刚好。

愿所有还在等待爱情的人,都能熬过这些想恋爱的瞬间,在一个人的世界里做好自己的英雄,然后顺利地等到那个能把你宠成小朋友的人。

11 为了遇见对的你,我要再多攒一点运气

关于未来的那个她,你都有过怎样的想象?

是可爱、活泼、搞怪,还是优雅?

也许相遇的时候你才懂,那个人也许和你想象中的完全不同,但你知道,就是她了!

单身多年,关于未来的那个人,我有过太多想象,想到有些时候自己都信以为真,误以为自己已经美人在怀,脱离单身苦海。

但一觉醒来,被窝里除了我,还是只有我。

但这一点儿都不妨碍我继续异想天开。

如果有一天,我恋爱了,我想象中的她应该是这样的。

跟她在一起的每一天,我都想要多做点儿好事,为下辈子还能遇见她,多攒一点儿运气。

《红楼梦》里宝玉和黛玉二人第一次见面时,宝玉说:"这个妹妹,我曾见过的。"

我第一次见到她的时候,也是这样的感觉。

就像是我等了这么久,终于等来了另一个自己。

那种感觉,就像是你明明已经睁开了眼睛,却美好得像是还

在梦里。

好的爱情是可以成就一个人的，我想，我遇到了。

在认识她之前，我曾觉得人活着是一个很漫长的过程，在这个过程里，我要和这个世界去拔河，去竞争生活的权利，我需要披荆斩棘，才能赢得属于自己的胜利。

我像只刺猬一样，拒绝所有可能影响我未来的人和事，从未品尝过爱情的温暖和甜蜜。

我高傲且固执，觉得我一个人明明已经过得很好了，为什么还需要另一个人来插手我的人生？

可事实上，爱情是一个可以让人变得柔软的东西。

初次见她的时候，她温和地向我问好，让我忍不住红了脸颊，一时不知道该如何使用我周身的刺，就这样，我从一只刺猬变成一只猫，这一切不过是因为爱情，因为她。

我们的生活状态分为忙和不忙。忙的时候会一起加班，顾不上跟彼此汇报日常，下班后再牵着手奔向夜市，吃遍各种小吃。不忙的时候，我们会一起去逛街，她总喜欢给我买各式各样的领带。偶尔犯懒，一起窝在沙发上看一部文艺片，也会让我觉得满足。

过去我觉得时间这东西真是太宝贵了，一点儿都不能浪费。但遇到她以后，我才发现，原来让一切都慢下来的感觉是这样的美好。

我喜欢在慢下来的日子里，跟她一起做饭煲汤；

我喜欢在寒冷的天气里，享受着她只为我一个人准备的拥抱；

我喜欢与她一起细数未来；

我喜欢与她有关的一切。

有很多人问过我，为什么是她？
我的回答一直都是，为什么不是她？

在单身的日子里，我曾想过，未来的她到底会是什么模样，但是终归没能想到让我觉得满意的答案。

她来了以后我才明白，这个人啊，她给了我对抗世界的勇气，哪怕失败了，也让我有"满血复活"的能力。

我想我的未来，必须要刻上她的名字。

每一个人在长大的过程中，都会经历孤单与落寞，但是这个世界上终归会有一个人的到来，让你觉得圆满。

这个人不需要是大英雄，但是却会为你变得勇敢。
这个人不需要多温柔，但是却会为你变得耐心。

你会为了她结束单身，她也会为了你收起玩心，你们一个稳重一个成熟，一个坚强一个独立，最重要的是，她会用她的一生回答你这个问题：和对的人在一起，到底是一种什么样的感觉。

12 一个只敢在愚人节表白的胆小鬼

如果有人在愚人节和你表白,你信吗?

我是信的,因为我曾经遇到过一个人,明明平时胆大得很,偏偏在感情这件事情上胆小如鼠。

用朋友的身份在那个人身边陪了好久好久,进一步怕失去,退一步又舍不得。

纠结来纠结去,最终在愚人节那天和那个人表白了。一个胆小鬼的故事,愿你在爱里能勇敢一点,再勇敢一点。

如果,我是说如果,我在愚人节这一天和你表白了,你会答应吗?你大概会觉得这只是一个愚人节的玩笑吧。

这是我们认识的第八年,也是我偷偷喜欢你的第八年。

或许是我隐藏得太好,你一点都没有察觉到我对你的心思,对外人介绍,你都说我是你最好的朋友。除了你,谁都不能欺负我。

又或许是你假装得太好,早就知道我的心意,却不想说破。

我一路跟着你从高中到大学,再从大学到现在。

我看过你为了初恋男友和隔壁班女生干架的样子;看过你第一次离开家去外地上学失魂落魄的样子;看过你喝醉酒哭着说你那么爱他,为什么他不能再等等你,伤心欲绝的样子。

可唯独,没有看过,你喜欢我的样子。

其实有很多次，我都鼓足了勇气，想要告诉你我的心意，但最后都没有。

我是很喜欢你，但是我怕，怕你为难，怕你拒绝，更怕我连以朋友的身份陪着你的资格都没有了。

所以，明明那句"我喜欢你"已经在心中酝酿了无数次，我却还是没能说出口。

是啊，不管我在别人面前有多么骄傲，一到你这里，我就卑微到了骨子里。

你说你喜欢高高瘦瘦的男生，我就拼了命减肥，每天喝三大杯牛奶，围着操场跑二十圈，连我最喜欢的炸鸡可乐都通通抛弃了，只为了有一天，我能符合你的标准。

明明我也不差，但在你面前，我总是不自信。

你不会知道，我向来睡眠浅，半夜若是被吵醒就很难再入睡。遇见你之前，每次睡前，我都会把手机调成飞行模式，但现在睡觉，我都会把提示音调到最大，生怕没有在第一时间回复你的消息。

你不会知道，我喜欢你，是一天二十四小时对你随时有空的喜欢。

你不会知道，我喜欢你，是世间景色千千万，我却只想和你一个人分享的那种喜欢。

我喜欢你，但是我怕，怕我离太远你会忘了我，又怕靠太近你会嫌我烦。

有人说，如果你很喜欢很喜欢一个人，又害怕被拒绝之后的疏远，那就选在愚人节这一天告白吧。

如果对方相信，皆大欢喜，如果被拒绝，一句愚人节快乐，就可以轻松掩盖你玩笑下的真心。

  原谅我不够勇敢，连表白都要选在 4 月 1 号这一天，但我想你知道，那么喜欢你的我，哪怕是在愚人节这一天，也不愿意欺骗你。

  我是真的喜欢你，也是真的怕失去。

  如果，我是说如果，我在愚人节这一天和你表白了，你可不可以选择相信我？

  愚人节是骗人的，想和你过情人节才是真的。

  玩笑是假的，喜欢你，我是认真的。

13 怎么办？我想恋爱了

以前不知道，喜欢一个人，竟然还会"变笨"！

我想，这大约是因为爱情的蜜糖太多了，让脑子都转不动了吧。

下面这个小故事和一个拥抱送给所有故作坚强的女孩。

我知道我应该习惯一个人坚强，但你来了，我就只想安心做个"废物"。

除了你身边，我哪儿也不想去。

这是你不回我消息的第一百六十五分钟，我告诉自己，如果过了一百八十分钟你还没有回我消息，我就把你拉进黑名单。

我本来懂事得不行，你不找我，我绝不会去打搅你。你有事，我绝不会拉着你陪我聊天。

但是怎么办，我好像已经习惯手机那头有个人时刻为我开机，习惯有个人在电话那头问我怎么了，习惯了有你陪着我的每一分钟。

你说，我好像说得最多的话就是，怎么办？

对啊，怎么办？你来之前，我从来不说这样的话。所有的事情都是我自己解决，我努力去做一个懂事的人，一个有用的人，一个善解人意的人。

但是你来了，我就不想再那么懂事了。好多以前我可以一个人完成的事，我都不会做了，没有你哄，我连觉都不会好好睡了。

以前我从没想象过，和另一个人一起生活的样子。

但遇见你之后的每一天，我都在规划未来有你的生活。路过服装店看见一件好看的衣服会想象你穿上的样子，走进一家咖啡店会不自觉地点一杯你喜欢的抹茶拿铁，看到一个闹钟会想到以后，它摆在我们卧室床头的样子。

明明你不在我身边，我还是能在任何一个时刻想起你。

我想过很多次，我一个人走了那么久，一个人坚强了那么久，怎么一到你这里，我就走不动了呢？怎么我就想放下身段朝你示弱，只想要你的一个拥抱呢？

可能真的是一个人走得太久了，我想，没有你陪的那些时候，我是真的累了。

我知道，没有你的电话，我也可以一个人走过漆黑的路；没有你的晚安，我也可以一个人玩手机，玩到困得睁不开眼；没有你的怀抱，我也能裹紧外套，走过北京最冷的冬。

我好像还是不知道什么是爱，但我知道，如果我的余生一定要和一个人共度，我希望那个人是你。

所以，以后可不可以不要再让我一个人走？

可不可以来了，就不要再放开我的手？

我想拉着你的手走过无数春秋，我想抱着你看日出日落，我想为你，学着怎样去做一个合格的伴侣。

我很勇敢，但又胆小到怕你离开；我很大度，但又小气到不想你被任何人抢走；我很随和，但又挑剔到只想要你陪着我。

怎么办，单身这个游戏我玩够了，我想和你谈恋爱了。

14 我再也不想一个人过情人节了

一个人的情人节多少会有些孤单,你单身时是如何度过情人节的呢?

希望你也能像故事中的男孩一样,等到那个属于你的女孩,陪在她身旁。

我又一次过完情人节,以单身的身份。

其实对我而言,今天应该是个再普通不过的周一了,照常一个人上班,一个人吃饭,一个人回家,只是我不敢一个人上街了。

我知道今天街上一定人潮汹涌,但没有一个是你。

尽管我平时嚷嚷着单身美好,但当我真的要一个人去和满大街成双成对的情侣大军对抗的时候,我怂了。

因为我,还没有等到那个帮我抵挡千军万马的人啊!

朋友都说,你身边也不是没有合适的,为什么就是不愿意试一试?

我只是笑笑,为什么呢?

我可以嬉皮笑脸地面对很多事,但唯独感情不可以。

我只是,在等这样一个你,不把感情当玩笑,也不只是想和我试试而已。

你平时也会嘻嘻哈哈，但我告白的时候你比谁都认真。你会站在我面前，听我说我喜欢你，你一脸紧张地点点头。然后笑着把手给我，告诉我你愿意。

你会在我们在一起的那天，握着我的手，拍一张合照，发到朋友圈，向全世界宣告你有男朋友了，把那些对你有非分之想的人统统拒之门外。

遇见我之前，你可能会通宵熬夜打游戏，白天又起不来，吃饭也随便点个外卖解决。但在一起之后，你几乎不会再熬夜，甚至开始学习做饭，说要照顾我的胃。

我问你我这样管着你，你会不会烦，你说不会，能有个让你戒掉游戏的男孩，是你的福气。

你会写一个关于我的备忘录，记着我的生日在盛夏的6月，衣服要穿L号，鞋子要穿41码，口腔溃疡也会控制不住地想吃辣，然后痛得死去活来。喜欢在冬天开着暖气的室内喝冰可乐，比起猫我更喜欢狗。你从不刻意问我喜欢什么，不喜欢什么，因为你比我更了解我自己。

我们会有一个属于我们的家，一开始可能只是一个二三十平方米的出租屋，但我们会用心装扮成我们喜爱的样子。墙纸会用你最喜欢的深蓝色，阳台会有我喜欢的落地窗。

我会记得我们的每一个纪念日，第一次牵手，第一次亲吻，然后给你准备一些小惊喜，一支玫瑰，一盒巧克力，一句情话，一封情书，我总有办法戳中你的少女心。

你偶尔会不开心，你哭的时候我会紧紧将你抱在怀里，告诉你别怕，有我在，什么都会过去。

我们会给足彼此空间，但没有秘密。工作日我们会各自忙手头的事，周末我们会牵手去看一部最新上映的电影。

我们之前没有猜疑，不管发生什么，我都对你喜欢我这件事坚信不疑。

你会永远站在我身边，让我有勇气，为你对抗全世界。

这一年，我好像又一次要一个人过完七夕了。

我还没有被现实打败，去将就一个不是你的人。

这个七夕，我还在等你，我知道人潮拥挤，找到你有多不容易。

但我还没有放弃，不管一个人有多难熬，我都坚信，我会等到你，和我过余生的每一个七夕。

15 一定要遇到这样的他再去谈恋爱

哪个少女不怀春,哪个姑娘不想遇见一个把自己宠上天的人?

如果你还在犹豫,如果你还在迟疑,如果你在感情的路上不知道该如何走下去,你且仔细看看下面这个故事。

请一定,一定要遇到这样的他再去谈恋爱。

遇见你的人生,我才真的明白"斯人如彩虹,遇上方知有"不是一句哄骗女孩子期待爱情的空话。

可能我毕生的好运都是要用来遇见你的,所以,没遇见你的日子里我过得很苦、很糟糕,对待生活,我也总是得过且过。

你不知道没遇见你的时候,我最害怕的就是放寒暑假,不是不想放假,只是惧怕了每次放假都要一个人拎着行李箱,背着大包小包挤过拥挤的人群,东奔西跑地赶火车。

而我这个人向来嘴笨,放个行李箱都不知道如何开口求助,每次只好假装自己很有力气,其实只有自己知道,放完行李箱的胳膊早已抬不起来。

一个人的时候,我不敢生病,因为身边连一个提醒我多喝热水的人都没有;

我不敢忘东忘西,因为没有人在我耳边啰唆地提醒我;

我更不敢表现得柔弱,因为连给我拧瓶盖的人都没有;

更别说，在我身边有个给我壮胆的人了。

撑不过去的时候，我就在想要是有个人在我身边就好了，我就不至于在面对窘境的时候还要一个人硬着头皮走下去。

我内心无比期盼可以早点结束单身生活，我过够了这样一成不变的生活。

我也想有个人一心只想着要护我周全，在我需要的时候就在我的身边。

可人生那么长，我不知道还要一个人继续生活多久，枯燥的日子中，没有惊喜，更没有那么一个人突然闯进我的生活里，我只好把每一年的生日愿望全都押在了"能够早点遇见你"这个不切实际的想法上。

我总在心里安慰自己会遇到那个人的。

他会来和我一起做俗不可耐却是所有情侣都会做的事。

他会弥补我过往生活中的空白。

他也会填补我未来生活中的空缺。

想来是我攒够了遇见你的好运气，你就像游戏里适逢其时的空投一样，在我以为还要期盼很久的时候，你就来到了我的世界里。

而那些一个人熬过的苦在遇到你的那一刻，全然化成了甜。

在你面前，原来我也可以是什么力气都没有的小姑娘，你总会顺势拿走我手里拎着的东西，你说女生的双手是用来呵护的，不是用来提重物的。

即便到了放假的时候，我也不再是一个人东奔西走，你总会提前买好站台票，安置好回家的我你才会放心离开。

以前我总觉得那些煲电话粥的情侣哪有那么多话要说，谁知道和你一说起话来，我竟然也忘记了时间。

你总是一件事情提醒我好几遍，生怕我会记不住，原来备忘录不需要我反复记录，也有人用心帮我记住。

和你在一起之后，才发现一天二十四个小时，不只是用来重复吃饭、工作和睡觉，是你让我索然无味的生活开始变得有意义，也是你愿意和我一起消耗这漫长的时光。

你不止一次说，我们要是早点遇见就好了，这样我们在一起的时间就能多一点，我一个人就能少过一点糟糕的生活。

其实，遇到你就是我人生中最大的幸运了，和你在一起后，那些以往生活中的苦我早就抛在脑后了，而我拥有更多的是和你回忆不完的甜蜜。

谢谢你，出现在我平淡无奇的人生里，总之遇见你的人生，苦很短，甜很长。

16 希望明天会是好天气，适合出门遇见你

这是一封写给情人的信，包含了一个男生对未来女友的温柔想象。

虽然这世界很大，你和那个她不知何时才会相遇，但说好的幸福，已经在路上了。

写这封信的时候，我还不知道你是谁，在哪里。我只能单凭自己对你的想象，描摹出一个大致的轮廓。

不知道你是飘逸的长发，还是利落的短发。不过没关系，只要是你，我都喜欢。

我想，你一定很爱笑。你笑起来的样子也一定很好看，你是别人眼中的开心果，就像小太阳一样，给别人带来好多温暖。

你一定很勇敢。在别人面前，你永远是天不怕地不怕的样子。不论遇见什么困难，都能咬牙坚持，跨过难关。

你一定很善良。总是在力所能及的范围内，帮别人分担。自己却习惯什么都一个人扛，生怕给别人添麻烦。

我知道的，在我看不到的角落，你也偷偷躲起来哭过，但是答应我，不许哭太久，把眼睛哭肿了，可就不好看了。

以后啊，我一定不会让你哭，谁都不能欺负你，我也不会。如果我做了什么不好的事情，惹你不高兴了，你就打我。只要你不哭，要我做什么都可以。

如果打我还不解气的话，那我就亲你，让你把眼泪都憋回去。

你别吃醋，遇见你之前，我一定不会被别的小姑娘拐跑，你站在那里不要动，我一定会找到你，把你接回家。

没找到你的这些日子，我都在乖乖地努力做功课，哪里还有力气去看别的姑娘。

我攒了好多情话，等你来了，我就在你耳边一字一句说给你听。你喜欢哪一种？是王小波的"爱你就像爱生命"，还是喜欢三毛的"我爱你，没有什么目的，只是爱你"。

不管你喜欢哪一种，我都说给你听。

我拿到了驾照，买了车，挑一个晴朗的日子，我想带你去自驾游，你喜欢去哪里？去海边吹海风，还是去爬山看日出？爬山太累？没关系，我背着你，只要你愿意，我到哪都背着你，背一辈子，好不好？

我喜欢听歌，不知道你喜不喜欢，如果你不介意，我可以把我的耳机分你一只。

好啦，说了这么多，不知道现在的你在做什么？是不是也有一点点羡慕街上恩爱的情侣？一个人的时候，你有没有好好吃饭？天冷了，你有没有好好加衣？

是不是又一个人漫无目的地玩着手机，熬着夜？

你呀你，等我找到你，我一定要改掉你的这些坏毛病。

好吧，对不起，是我的错。

很抱歉，在这个情人节到来之前，我还没有穿越人海，找到你。不过没关系，我答应你，找到你之后，我一定会把之前所有的亏欠都给你补回来。

最美的玫瑰给你，最好吃的巧克力给你，我要把全世界最好的都给你，包括我自己。

这个情人节又要放你一个人过了，但你要答应我，即使一个人，你也一定要快乐，总有一天，我会找到你，告诉你，这些年我找你找得多辛苦。

不过为了你，披荆斩棘也没关系，翻山越岭我也愿意。

亲爱的，情人节快乐，希望你每天都快乐。

下一次，我一定会当面告诉你，我有多爱你。

没我在身边的日子你也不要害怕，我在朝你赶来的路上，马不停蹄。说不定明天，甚至下一秒，我就会出现在你面前，告诉你，很高兴遇见你，余生请多指教。

好啦，明天又是美好的一天，今天早点休息。希望明天会是好天气，希望明天，我能遇见你。

17 不过是因为我喜欢你

如何确定眼前的这个人就是命中注定的那个人?

一句话概括就是,遇见你之前,我什么都可以扛住,你来了之后,我连一丁点儿委屈都想和你分享。

写给命中注定的那个人,欢迎对号入座。

没遇到你之前,我觉得自己是一个无所不能的战士。

不过是一个人生活而已,我知道我住处附近哪家的牛肉面最好吃,知道我只要在早上8点23分出门就可以正好赶上那趟地铁4号线,知道对门住的一对情侣经常在凌晨吵架,但始终没有分手。

我知道这座城市里多得是像我这样的人,在没有人爱的时候,把自己变成了自己最不想成为的那种人。

比起无人一起虚度的周末,我更愿意待在公司和一堆表格一起过。

比起无人陪伴的上下班路,我更愿意乘最后一班地铁找一个角落坐下听听歌。

我一个人扛住了世俗对单身的偏见,扛住了孤独,却未曾想过有一天会扛不住对你的喜欢。

喜欢上你以后,我变得越来越不像自己。

我会羡慕所有可以跟你当面说早安的人,至少他们可以获得你的一个微笑。

　　我会在找你说话这件事上用尽各种心思，只为了可以在你的世界里多找到一些存在感。

　　曾经看过一段话："世界上哪来的那么多一见如故和无话不谈。不过是因为我喜欢你，所以你说的话题我都感兴趣，你叫我听的歌我都觉得有意义，你说的电影我都觉得有深意，你口中的风景我都觉得好美丽。不过是因为我喜欢你。"

　　因为喜欢你，所以以前我一个人就可以做好的事情，现在我总是想要拉着你一起。

　　我想要你的每一个假期都属于我，我们一起去看一部新上映的电影也好，去一座陌生的城市旅游也好，或是就待在家里哪儿都不去，只是窝在阳台一起逗猫也好。

　　反正必须得是跟你一起，其他人都没什么意义。

　　因为喜欢你，我开始变得蛮不讲理，小气自私。

　　我想要你身边的位置只能留给我一个人，我会在意每一个与你走近的男生与你是什么关系，我会特别介意你没有回复我的微信却给另一个人的朋友圈评论。

　　我会想要从你那里得到一个确定的答复，因为我不知道对于你来说，我是不是也会成为非常容易就被替代的人。

　　毕竟在我这里没有人可以像你，但是在你那里，却人人都可以像我。

　　因为喜欢你，从没有对以后的生活做过什么打算的我，突然开始向往起了未来。

喜欢一个人的时候,男生也会变成想象力非凡的动物,你一次小小的回应,我就能想到我们一起生活时的场景。

或许你会埋怨我做的菜不好吃。

或许你会嫌弃我出门总是忘记带钥匙。

或许你会嘲笑我永远都停不好车。

以前那个可以把生活打理得井井有条的我,在喜欢上你以后,开始变得越发的"无能"。

我一直觉得因为喜欢你,所以我可以在你面前展示我的软弱。

我始终觉得最好的爱情是可以彼此依赖的,愿每一个坚强的单身战士,都可以扛得住这个世界的压力,扛得住孤独袭来的夜晚,迎来一个可以让自己放下对周遭防备的人。

愿你扛不住对他的喜欢,也能等到他给你的坚定。

愿你只要伸出手,他就会陪你一起走。

愿你们相爱,除了死亡,就再也没有什么可以把你们分开。

PART 3

生活很难,还好你甜

这世界有时会很糟,
我们偶尔也会争吵,
但不管多难,
你都会在我最需要的时候赶来我的身边。

18 熬过异地，就是一生

除了分手，我在电台里分享过最多的故事类型，大概就是异地恋了。

这个故事也是关于异地恋的，希望能给每一个苦苦坚持的你，补充一点儿走下去的能量和对抗未来的勇气。

老秦对我说"我们私奔吧"的时候，我的第一反应就是这人是不是疯了？

老秦是我男朋友，年纪不大，话不多，时常以一副老干部的模样示人。

我和老秦在一起三年，相隔900公里，每年在一起的时间不超过五十天。跟所有异地恋的情侣一样，我们不敢吵架，也害怕吵架。

刚和老秦在一起的时候，我们俩才从大学毕业，彼时我是初入职场受不了一点儿委屈的菜鸟小妹，他是踌躇满志的傲气青年。

我这个人从小就没什么志向，尤其是在一次又一次被上司骂了以后，我只能抱着老秦边哭边吼着："我讨厌上班，老秦你快娶了我吧！"

老秦对我是真好，所以他做什么都很努力，只为了能够多赚点儿钱，早点儿娶我过门。

后来老秦就去了现在所在的城市，拿着之前三倍的薪水，我们俩一南一北地隔着，靠打电话来排解对彼此的想念。

老秦离开的那一刻，我突然就明白了一件事情，从现在开始，我得懂事起来。

这个世界上会包容、接纳我所有眼泪的男人不在我身边了，所以我不能随随便便地掉眼泪。

那个全世界我最想嫁的男人不在我身边了，我怕会有一个比我好的女生出现在他的眼前，所以我必须变得更加优秀。

虽然我也讨厌隔着听筒对他说"我爱你"的感觉，但是一想到至少我还能听到他对我的回应，我就觉得知足。

这世界上熬不过异地恋的情侣太多，而我多庆幸，哪怕是翻山越岭，举步维艰，老秦也从未想过丢下我。

以前我也会羡慕那些爱人就在身边的女生，但是现在，我相信总有一天别人也会羡慕我和老秦的坚持。

异地恋其实并不难，难的是坚持，难的是你在他乡，依然记得我在你心的信念。

做事向来稳妥的老秦，这辈子只做过两件不稳妥的事，一件是喜欢上当初那个糟糕的我。

另一件就是大半夜打电话对我说"我们私奔吧！"

而向来成不了大事的我，这辈子也只做过两件大事，一件是在这场异地恋里，把糟糕的自己变成了配得上老秦的模样。

另一件是我拒绝了老秦要带我私奔的提议。

老秦这个傻子，我们压根不需要私奔啊！三年前他说过会给我一个家，而我现在一直在等他回家。

爱情总归不是一个人的事，我能想象得到的最好的爱情，是能同甘也能共苦，我们熬过了这场异地，等待我们的，是彼此的一生。

亲爱的，回来吧，有你在的地方才叫家。

19 等我们老了，就定居在重庆

据说世界上有一百九十八个国家，城市更是数不清，如果要选择一个城市定居，你会选哪里？

如果让我选，我一定会选重庆。

我对重庆有多喜爱呢？我总做一个和重庆有关的梦，梦里有火锅，有豆奶，还有一个女孩，叫佩佩。

01

"走吧，去吃火锅。"

听到火锅两个字，萎靡的佩佩瞬间精神抖擞，仿佛上一秒还在对着体重秤哀叹、发誓要绝食三天的人不是她。

鞋都没穿好，就要拉着我往外走。

我急忙把她拉回来："急什么？火锅又不会跑。"边说边蹲下，帮她把鞋带一根根绑好。

"洞子里那家夏天生意好，晚了又要排好长的队了。"刚穿好鞋还没站稳，佩佩就拉着我出了门。到楼下拦了一辆出租车，就往解放碑赶。

一路上都在念叨一会儿要点什么："毛肚，一定要点毛肚，你最爱吃这个了。"

司机把出租车当跑车开，我怕佩佩磕着，赶忙搂紧了一点，我说："是是是，我最爱吃毛肚，还必须得是你涮的。"

佩佩在我怀里笑得一脸得意："那是，别的我不敢保证，给你涮一辈子毛肚这项工作没人比我更适合。"

02

佩佩是个"吃货"，尤其爱吃火锅，在她的世界里，没有什么是一顿火锅不能解决的，如果不行，就两顿。

她对火锅的狂热，几度让我怀疑她报考四川美术学院的真正原因是惦记重庆的火锅，而不是她说的，是因为夜晚的洪崖洞像极了她最爱的《千与千寻》里的场景。

我想如果爱情有味道的话，我和佩佩的一定是火锅味的，麻得舌头发颤，辣得心神荡漾。

佩佩说谈恋爱就像吃火锅，有人喜欢鸳鸯锅，有人喜欢九宫格，各有所好。每种食材都有它的煮法，火候不够煮不熟，时间久了不鲜嫩，什么都要刚刚好。

她第一次和我说起她的火锅爱情论的时候，我还笑她歪理一大堆，什么事情都一套一套的，真搞不懂她的小脑袋里一天到晚想些什么，天马行空让人难以捉摸。虽然拿她没办法，却会在某个瞬间觉得她可爱得不行。

我有时候也觉得奇怪，我喜欢东野圭吾，她喜欢宫崎骏，我喜欢丧尸题材的美剧，她喜欢热血青春的日剧。

明明八竿子打不着的两个人，怎么就走到一起了？但世界上最不能讲道理、讲逻辑的事情就是爱情。

回到我们第一天认识的时候，也是奇怪，说不清我们到底为何相互吸引，或许是臭味虽不相投，但吵吵嘴、逗逗乐，也是个不错的选择。

03

我和佩佩认识，其实也是因为火锅，我被同事"放鸽子"，一个人坐在火锅店门口的阶梯上等着叫号，百无聊赖，东张西望的时候意外和她对上了眼，明明是第一次见面的陌生人，她却向我投来了求助的目光。

我本来觉得这姑娘有什么难言之隐，还特意朝她靠近了点，甚至觉得自己要当一次超级英雄了。这种拯救无辜少女的事情，就应该让我们这种"四好青年"来！

然而，结果让我大失所望，她没什么难言之隐，也没什么不能言说的病，如果有，那就是嘴馋了。

在我关切的目光下，佩佩开了口，我想拒绝，但没来得及开口，对方已经付诸行动。

事实是，佩佩为了少等半小时，强行和我拼了桌。

在她亲身教学毛肚"七上八下"的正确吃法后，作为火锅小白的我被她的"神技能"折服。

在我十分"争气"地把她多点的苕粉、土豆片一扫而光后，她为我的饭量拍手叫好。

自此佩佩和我成了吃火锅的最佳搭档，简称"锅友"，她帮我烫毛肚，我帮她扫光剩菜。

04

感情这东西有多奇怪呢？怪就怪在，来得不知不觉，不分场合，只是在某个瞬间，被一击即中，彻底"沦陷"。

我们俩在搭伙吃到第二个月的时候，佩佩问我："你喜欢吃火锅吗？"我说当然了，然后顺势从她筷子底下夹走了最后一块毛肚。毕竟毛肚是她的最爱，先下手为强，在美食面前可没有谦谦君子这一说。

她接着问："那你喜欢我吗？"

我完全没有想到佩佩会这么直接，一口红油呛到喉咙，辣得我眼泪直飙，我说："你一个女孩子家家，怎么就学不会矜持一点，至少先问我喜欢什么类型的铺垫一下。"

佩佩不以为然，把她喝了一半的豆奶递给了我，说："这有什么好问的，我就像这重庆的火锅，百搭！你有什么好挑的。"

许是辣油太呛，我没来得及拒绝，或许是我贪恋她涮的毛肚，压根没想过拒绝。一如我们初识的那顿火锅一样，她强势逼近，我退到墙角无处可逃，缴械投降，甘愿做她的俘虏。

那顿火锅之后，"百搭"的佩佩成功从我的锅友升级为了我的女朋友。

那天的场景我到现在都记得很清楚，周围是光着膀子喝酒划拳的汉子，眼前是红油翻滚的火锅，一个姑娘坚持认为我一定喜欢她。

那天毛肚随着她的筷子七上八下，我的心也随着她自信满满的笑七上八下。

05

我们一块儿在重庆待了三年,一直到她毕业我们离开重庆,我们前前后后吃了不下五百顿火锅,最疯狂的那段时间,连续一个月,每天都吃,一下班我就去她学校接她,顺道喝碗蹄花儿汤,穿过那条涂鸦街,就直奔火锅店。

后来佩佩毕业,我因为工作需要,换了好几座城市,佩佩一直陪着我,也从我的女朋友成了我孩子的妈妈。

不管去到哪里,每次听到别人说哪家重庆火锅正宗,我们都要去试试,但总归没有那几年在重庆吃的带劲,或许是周围太安静,没有人大嗓门飞速说着重庆话,或许是装修太精致,没有防空洞里那种年代感。

隔三岔五,我们都要念叨一句:"好想回重庆吃火锅啊!"

也计划过好多次回重庆,都因为各种事情耽搁,没能成行。

我们就想着等我们老了,折腾不动了,就去重庆买个五六十平方米的小屋。

馋了就到楼下吃个火锅,天气好,就走远点,去交通茶馆,看别人下下棋。

等再老一点,吃不动火锅了,我们就吃完晚饭,牵手出门转转,闻闻空气里的火锅味,也觉得满足。

我们去过好多座城市,却始终觉得,等我们老了,就要定居在重庆,因为那里有最地道的火锅,还有我们火锅味儿的爱情。

06

　　后来我的好朋友房东的猫出了一首歌,巧合得很,和我的梦境相似,那首歌的名字叫作《等我们老了,就定居在重庆》,我想你应该听过:
　　如果你也相信,
　　如果你也坚定,
　　如果你也不在意流言与蜚语,
　　如果你也愿意,
　　如果你也可以,
　　等我们老了以后,就定居在这里。

20 生活很难，还好你甜

我写过好多故事，故事中女生的心思往往会更加细腻，能在很多细节上体会对方是否用心。

所以，故事中的女生才能如此坚定吧！被爱着的甜蜜果然令人心动不已。

知道你要来西安工作的那一天，我一整晚都没有睡着。

我们熬过了网恋的"见光死"，熬过了一年多的异地，终于，我们要开始真正地一起生活了。

其实刚在一起的时候，我身边所有人都劝我，不要被骗了，你甚至都不知道和你聊天的是人是鬼，怎么能就这么轻易地把真心交付给一个陌生人？

对啊，明明那个时候我们还没有见过面，我怎么就能那么坚定地相信，你就是我想要共度余生的那个人呢？

大概是，我说的话你都懂，我的爱好你都尊重，我的小脾气你也都能无限地包容吧。

你大概不知道，现实中我是一个完全不需要任何人照顾的人，我总觉得要活成无所不能的样子，不能给任何人添麻烦，所有人都觉得我坚强得不会被任何事情打倒。

这样的一个我，却在你面前提及了我不曾和任何人说起的害怕和渺小。

一开始我们只能通过微信和电话联系，所以等不到你的消息时，我会害怕你就这样消失在我的世界里。那个时候找不到你，我就会发了疯地给你打电话、发微信。直到听到电话那头你的声音才能恢复平静，因为我真的害怕。我们之间，一删微信，就是永别。

全世界都告诉我你是假的，可我的这份感情是真的。

第一次见面前我们彻夜难眠，只能通着语音到天明的那个晚上是真的；你担心吵到爸妈，跑到楼下和我打电话，被蚊子咬得满腿是包是真的；你说要和我在一起一辈子，就真的跑来我的城市，抛弃原有的生活圈，开始全新的生活是真的。

我知道，来西安的工作调动，是你和领导争取了好久才得来的，你也不是不知道在这座完全陌生的城市会面临怎样的困难，可是在安稳生活和为我放手一搏中，你选择了后者。

我知道，你手机二十四小时开机，是怕我午夜惊醒的时候，找不到人诉说。

我知道，你妈妈这么喜欢我，一定是因为她从你口中认识的是一个完美的我。我何其有幸，还没做出什么了不起的事情，就已经成为你的骄傲。

也许别人会觉得网恋不靠谱，通过网络认识的两个人一定不了解彼此，现在在一起，也只是一时冲动而已。但我知道，这世界上没人比你更了解我，没人比你更懂我的欲言又止，没人比你更会安抚我的小情绪。

你说等我大学毕业，就来见我的父母，请他们放心地把我的余生交付给你。

我们说好要养一只叫不二的英国短毛猫，因为我们共同拥有的每一个东西，都是世界上的唯一。

我们约好不管多忙,每个月都要抽出一个周末,去周边走走看看。世界有时很糟糕,我们也会慌、会乱,暂时逃离周遭的一切,让我们足够坚信自己完完全全地属于对方。

　　虽然我们偶尔也会争吵,但你一定不会忘了吵完要回来抱抱我。虽然我时常会迷茫,不知道未来我们到底该去向何方,但只要你足够坚定,我就有和你过一辈子的决心。

　　因为,我坚信不管世界怎么变,你都不会变。

　　不管多难,你都会在我最需要的时候赶来我的身边。

　　不管别人怎么说,我都是要和你在一起的。

　　你知道吗?我真的,真的,超想和你有以后的。

　　故事很短,但是很甜,夜晚很长,想和你说一夜的晚安。

21 我的未来，只想和你这样过

我遇见过的"傻姑娘"里，她绝对算令人印象深刻的一个，所以她的故事我也写过很多次，几乎遍布她恋爱的每个阶段。

而且每一次，我都尽可能地从她的角度去写，试图还原最真实的故事。让那些失意的人尝到最纯正的甜，看到比自己更苦的苦。

幸运的是，这一篇和你分享的是甜的，糖分超标，注意多喝水，别齁着了。

遇见阿昊以前，我是真的以为，我只能自己一个人，听着"程一电台"，过完这一生了。

我这人防备心太重，别人一靠近，我就想躲，谁和我多说一句话，我都觉得是别有用心。我像一只刺猬，防备着每一个想要靠近我的人。

一天中的所有时间，只有在听"程一电台"的时候，我是完全不设防的。

没有父母的叨扰，没有工作上的烦心事，我洗完澡，躺在床上，舒展成自己最放松的姿态，戴上耳机，听着程一的声音，烦躁的心情一点一点被抚平，然后一夜好眠。

我拒绝所有人踏进我的世界，除了程一，我也不接受任何异性的示好，包括阿昊。

阿昊是我的新同事，也是我的追求者之一。追我的人很多，但被拒绝了还赖在我身边不走的只有阿昊一个。

有时候被逼急了，我也会冲他大呼小叫，我说："阿昊你能不能要点儿脸？"他也不恼，死皮赖脸地拽着我说："要脸做什么，我有你就够了。"

我胃不好，不按时吃饭就胃痛，他就每天蹲在我家楼下等我，硬拉着我吃完早餐，才放我去上班。

我工作时间不稳定，有时候加班要到深夜一两点，但不管多晚，他都会来接我下班。

他出现在我世界的每一个角落，他会点赞我的每一条朋友圈，评论我的每一条微博。我喜欢"程一电台"，他即使嘴上嚷着矫情，也还是会陪着我一起听。

我好像已经习惯了这样一个人在身边，他太闹腾了，不管不顾的，把我的世界塞得满满当当，以至于他不在的时候，我竟然有那么一点儿想念。

但我不确定自己对他的感情，他总是没个正形，我怕，他的喜欢也只是嘴上说说而已。

直到我生日的那天，他抱着一个大盒子出现在我家门外，郑重地把箱子递给我之后，自己跑到沙发坐下，紧张兮兮地看着我。

我打开了纸盒，里面是一个大本子和一张CD。本子上贴着的，是我发的所有朋友圈，他全部打印了出来，每一条后面都附上了他想说却没说的话。我分享过的每一期电台节目，我说过的每句话，他统统做出了回应。

本子的最后一页，是阿昊手写的几行字，他的字很丑，但是我竟然看懂了。他写的是："我看完了你所有的过去，听完了你分享过的每一期节目，我想，这张过去的CD的宣传语，就是我想对你说的话。"

那一瞬间，我是真的听到了内心城墙崩塌的声音，我知道，是的，就是这个人了。因为我看到，盒子里放着的，是"程一电台"出的最后一张CD《给你一张过去的CD》，而这张CD的宣传语我在朋友圈分享过："CD记录过去，未来我要有你一起。"

而我眼前的这个人，是真的一点点补全了他缺席的过去，认认真真地去了解我的喜好，包括我喜欢的程一。

我才知道，我不是不会爱人，只是没有等到那个值得我爱的人而已；我不是放不下过去，只是没有一个人愿意走进我的未来里；我不是真的要孤单一辈子，我只是在等一个人，陪我一起听程一；我只是在等一个这样的人，他听得懂我的过去，愿意许我一个未来。而阿昊就是这样一个人。

22 香橙小姐和摩卡先生

每个周六下午，香橙饼干和摩卡咖啡的香气，交织出爱情的独特味道。

我一直都相信阳光正好的那天，你我终将在街角的咖啡店相遇

香橙小姐终于有了自己的咖啡店，在不大起眼的街角。每天她都喜欢窝在角落的窗边，抱着她的橙子抱枕，看着窗外形形色色的人们。

她想，他会不会突然地出现，在街角的那边，然后他会光临她的小店，给她念她最爱的诗篇。

每个周六的午后，他都会从香橙小姐店门口经过。晴天、阴天、雨天，香橙小姐已经默默看了他好多天，她喜欢看他自信的微笑，脸上有着迷人的酒窝。

她默默数着他经过她身边的步伐，十二步，从出现到消失在视野间。他的生活应该是特别规整的吧？就像他的步伐，精准计算过的一样，每次都是十二步，一步不差。

香橙小姐想，连走路都这么工整的他一定是一个很无趣的人。可是怎么办，她好像已经习惯把看一个无趣的人走路这件事，当成一件有意义的事情用心完成。

盛夏的那天，你悄然出现在我的咖啡店

他推门进来的时候，香橙小姐午睡的倦意还没有来得及消散，店门口的风铃响了，伴着盛夏温热的风，吹到在空调房窝了一中午的香橙小姐身上，暖暖的，很舒服。香橙小姐睡眼惺忪地看着眼前的他，"一杯摩卡。"他说。

香橙小姐想，他的声音真好听，就像她喜欢的老式留声机放着的那张很久很久以前的旧唱片，低低沉沉地萦绕在她耳边。

他坐在了角落靠窗的位置，那个香橙小姐午后偷偷看他的位置。那里放了香橙小姐的橙子抱枕，现在，它乖乖地待在他的手边。

一整个夏天，每个周六的下午，他都会到香橙小姐的店里，点上一杯摩卡，然后安静地看一本书，待上一个下午，香橙小姐给他起了个外号叫"摩卡先生"。

我不喜欢吃甜食，我只喜欢你的橙子饼干

阴雨连绵的那几天，摩卡先生情绪有些低落，香橙小姐想让她的摩卡先生开心一点，便做了她最爱的橙子饼干。

"嗯，谢谢你，很好吃。"摩卡先生看起来很喜欢的样子。

香橙小姐开心地笑了，她笑起来的时候眼睛弯弯的，像月牙儿，上扬的嘴角旁缀着两个浅浅的梨涡。看着香橙小姐明媚的笑，摩卡先生也笑了，他笑起来的时候眉眼都是亮的，那两个香橙小

姐最爱的酒窝仿佛要酿出蜜来。香橙小姐想，她的摩卡先生笑起来真好看，酒窝也很好看。

从那天起，摩卡先生每次除了摩卡之外还会点上一份橙子饼干。其实摩卡先生之前不大爱吃甜食，相较于甜腻的味道，他更喜欢咖啡的香醇苦涩。只是当时，香橙小姐的笑容太过温柔，让人难以拒绝，而且他发现，香橙小姐做的橙子饼干，虽然甜甜的，但还保留着橙子些许的酸涩，意外的很好吃。

我期许已久的爱情味道，是你给的甜蜜发酵

秋天到来的那个午后，爱笑的香橙小姐一下午都被乌云笼罩，像窗外灰蒙蒙的天，做什么都提不起兴趣。今天是周六，时针已经爬过6点，但是摩卡先生还没有出现。她看着她的橙子饼干发呆，想着摩卡先生坐在窗边，倚着橙子抱枕的样子。

风铃响了，带着初秋微凉的风，是她的摩卡先生。

"抱歉，请问，今天还有橙子饼干吗？"摩卡先生看起来很着急的样子。

"嗯，有的。"香橙小姐想，有的，一直都有的。她的橙子饼干原本就只会在每个周六的下午做给摩卡先生一人。

摩卡先生松了口气，然后依旧点了一杯摩卡，一份橙子饼干。依旧坐在了角落靠窗的位置，倚着橙子抱枕，看着香橙小姐低头做甜点的样子。

不觉间时针已经滑过9点，香橙小姐的店要打烊了。

香橙小姐走到窗边，看着摩卡先生欲言又止的样子。她发现那个冷静的摩卡先生这一刻竟像一个羞涩的大男孩。他好像，脸

红了。香橙小姐笑了,她觉得,摩卡先生脸红的样子,真可爱。

"香橙小姐,我想……我想以后每天……都吃你做的橙子饼干,可……可以吗?"摩卡先生说。

"可以啊!"香橙小姐想,可以的,只要你想,都可以的。

"我很喜欢。"摩卡先生说。

香橙小姐的笑意更浓了。

因为,她听见,摩卡先生用她喜欢的,像橙子一样酸甜的、温柔的声音在她耳边说:"我很喜欢,喜欢你做的橙子饼干,喜欢你。"

因为,她也很喜欢,喜欢做摩卡先生爱吃的橙子饼干,喜欢摩卡先生。

甜蜜发酵,伴着初见时盛夏温热的风,溢满摩卡先生的整个心房。就像香橙小姐做的橙子饼干,甜甜的,酥酥的。

摩卡先生知道,香橙的味道,是香橙小姐给的专属味道。

而香橙的酸涩味道就叫作爱情。

23 我爱你，还有我愿意

如果你是从2017年开始听我的电台，那你一定知道，在每周五的晚上，我有一个固定的栏目，名字叫《声音传情》。

每一个参与这个栏目的人，都会写一封信，委托我念给他想要的那个人听。

但如果你不是每周五都听，你也许会错过一个甜甜的关于军人恋爱的故事，只见面三次，他们就决定结婚了。

今天借这个机会分享给你，希望每一个读到这个故事的你，都能有一个好的归处，一段好的，让你奋不顾身的爱情。

嘿，亲爱的肥球老公，我一直在想，在我们的婚礼上放怎样的背景音才是最好的，我应该在怎样的声音中和你一起走过那段红毯，才是最合适的。

想来想去，最后还是想要拜托程一帮我读出我想对你说的话，听着我最爱的声音讲着我们的故事，和我最爱的你一起走过红毯，那一刻，我一定是世界上最幸福的新娘。

我们的故事，该从哪里说起呢？

说起来也奇妙，我们的相识是很多人眼中不靠谱的网恋。我想我当时一定是被你迷得晕头转向了，连你的面都没见过，就敢答应你的表白。

你不知道你生日那天和我说，我就是你最好的生日礼物时，我有多高兴。

因为早在第一次从视频里看到你的时候,我就想,这么可爱的小哥哥,我一定要追到手,结果没想到竟然是你先开了口。

第一次去见你的时候,别人都怀疑我是不是疯了,没出过远门的我,就敢为了一个面都没见过的男朋友跑到北京去。

我想我当时也是疯了,因为想见你,连理智都没有了。

所以我是不是该庆幸,你不是骗子,我也因为那一次的勇敢,遇到了这么好的你。

我们的第一次见面是在北京南站,你拿着我想吃的冰糖葫芦和两瓶矿泉水,还有一件你特意去买的衣服。虽然款式很普通,还是粉色的,但我一想到你傻傻地向导购员描述自己的女朋友的样子的时候,就觉得心里暖得不得了。

从认识到决定订婚,我们只见了三次面。因为我爱的你,是一个军人。

虽然我们见面的机会很少,但每一次我都记得特别清楚,记得你紧张兮兮地拉着来例假的我去买打底裤,怕我着凉;记得你带我去吃麻辣小龙虾低头帮我剥虾的样子;记得你一身军装到我家,请我父母放心把我交给你的样子。

我记得每一个你对我好的样子,所以也很想知道嫁给你的那一刻,我会是什么样子。

我是什么时候开始认定,你就是我在等的那个人呢?大概是你给了我别人给不了的安全感吧。

就像我们每次见面你都会提前计划好,订哪里的酒店,去哪里吃东西。你准备好了一切,我只要跟着你就好。你总是这样体贴,所以和你在一起的每一分,每一秒,我都觉得安心无比。

遇见你之后，我才知道，原来爱情应该是这个样子，你会记得我爱吃什么，不吃什么，衣服穿什么尺码，喜欢什么颜色，所有和我有关的，事无巨细，你都一点一点记在了备忘录里。

虽然很多时候你都不在我身边，但对于你爱我这件事，我从不怀疑。

一个人去试婚纱，一个人准备婚礼的时候，也会有人问我累不累，我说不会啊！我在一点一点搭建我们的未来，筹备我们生命中特别重要的那一刻，这么幸福的事情，怎么会觉得累呢？

我一直都知道，身在军营的你有很多身不由己和无可奈何。你一直都觉得委屈了我，不能花前月下、朝夕相对，你说甚至都不能给我一场浪漫的恋爱，更不能在我难过、伤心的时候给我一个依靠的肩膀。

其实啊，遇到了你，我一直没觉得委屈，我知道你的职业特殊，你的职责不允许、也没机会给我更多。但是我谢谢你，让我感受到被爱、被呵护、被宠爱的感觉。

都说白纱最配的是绿军装。我知道你会回来娶我，会来完成你对我许下的承诺。

亲爱的肥球老公，从今天开始你就正式上任张媛媛女士的老公一职了。以后你就是我的人了。

好啦，煽情了那么多，最后还有一句，我爱你，还有，我愿意。

24 下一个哈尔滨下雪的冬天，我们结婚吧

我有一个怪癖，别人记录故事喜欢从上帝视角，总觉得可以掌控全局。

我不一样，我喜欢代入人物的第一视角，总觉得这种沉浸式体验，才能还原最真实的故事。

所以小北和我说她要结婚的时候，我第一个反应，就是把她的故事用第一人称记录下来。细节可能有些误差，但根据她的叙述，整体大差不差。

01

老林拉着我在中央大街上走了整整三个来回，雪纷纷扬扬地落了我一身，冻得我快走不动的时候，他终于停下来，转头亲我。

依照我以前的脾气，我一定会一把把他推开，但许是那天冰棍吃得有点多，雪花落在脸上有点凉，他温热的嘴唇贴上来的时候，我觉得格外舒服，以至于忘了推开他。

那是我和老林第一次接吻，也是我人生中第一次接吻。

亲完之后，我蒙了，老林笑了。我佯装要去打他，他一把拉过我，半搂着我，伏在我耳边说："好啦，别闹了，我会对你负责的。"

他声音太轻,吹得我的耳朵有些痒,我别过头,嘴上叫嚣着"本姑娘才不要你负责",手上却把他拽得更紧。

老林笑,我也笑。我也不知道有什么好笑的,就觉得被喂了二十三年"狗粮"的我,终于有一天也能在大街上手拉手秀恩爱,感觉真好。

我在哈尔滨生活了二十多年,那是我头一次觉得,下雪的哈尔滨也没有那么冷。

我体质不好,一到冬天,手脚总是冰凉,老林的掌心却滚烫。那时候我就在想,虽然老林古板,不解风情,甚至连正式的表白都没有给我一个。但就冲他冬天能给我暖手的这一点好处,我也绝对不会轻易放他走。

我恋爱了,在十一月飘雪的哈尔滨,和一个叫老林的男人。

02

和老林恋爱之后,我觉得我非常有资格回答网上的某个热门问题。

"和大叔谈恋爱是什么感觉?"

老林比我大六岁,也算某种意义上的大叔吧,其实没什么特殊的感觉,毕竟老林是我的初恋,我也没有可以比较的对象,就是觉得有个比我爸更啰唆的男人出现了。

"这么冷的天,你不要总把脚踝露在外面。"

"出门玩雪,要戴好手套,听到没有?"

"去滨江大桥可以,你得拉着我,不准自己乱跑。"

"没说不让你喝啤酒,但要少喝!你胃不好,别总瞎折腾。"

别人见男朋友是怎么性感怎么穿,我见男朋友是怎么保暖怎么来。每次约会,我都有种见家长的错觉,生怕他不高兴,就开始一本正经地教育我。

不过还好,我有对付老林的绝招,不管老林多生气,只要我撒个娇,准能好。

03

老林喜欢拍照,尤其喜欢在下雪的时候拍照。

拍我在雪地里留下的脚印,拍我被他裹成"米其林",还在死性不改地堆雪人,还有索菲亚大教堂前,灯光下的雪花漫天飞舞,我难得安静地望着天。

每一张关于雪的照片都不一样,但老林的照片里,只要有我,就一定是笑着的。

我一直都知道老林有个梦想,就是拍遍全世界的雪景。但我们在一起之后,他再也没提过,我问他为什么不去了。

老林看着我说:"都三十几岁的人了,谈什么梦想,哈尔滨挺好的,有雪,有酒,还有你,我已经很满足了。"

我眼眶有些发烫,把老林搂得更紧,我知道的,老林哪里是没有梦想,只是比起梦想,他更想留在离我最近的地方。雪哪儿都有,而他选择留在了有我的哈尔滨。

我也知道,虽然我嘴上说着"你去吧,没关系",但我心里有多舍不得。

我没告诉过老林,在遇见他之前,我一点都不喜欢下雪的哈尔滨,我天生畏寒,比起寒冷的北方,我更向往南方的艳阳。

因为老林的出现，我才想要留下来，虽然气温依旧很低，但他的怀抱已经足够温暖。

别人都想追逐梦想和远方，我和老林只想留在彼此身旁。

04

在一起两年多，虽然老林从来不说他爱我。但我心里清楚，他比任何人都爱我，偶尔我也会耍小脾气，要他说爱我，每次他都说，以后说以后说。

我知道老林是个重承诺的人，一旦说了这三个字，就一定会用一辈子去履行。我也知道老林嘴里的以后会是在什么时候。

他说等他攒够九百九十九张我的笑，我们就结婚。能记录满九百九十九次我的笑脸，他就有信心能给让我一辈子的开心、快乐。

今年，我二十五岁，老林三十一岁。

我在等，等下一个哈尔滨下雪的冬天，老林会单膝下跪，对我说出那句话，攒够我的第一千张笑脸。

他在冰天雪地里说"我们结婚吧"，我回他一句热气腾腾的"我愿意"。

自此，哈尔滨有雪，每一年。

我有老林，每一天。

25 在一起就要有一辈子的觉悟

异地恋的人,最缺坚持下去的勇气。

所以今天的这个故事给异地的你。别怕千难万难,只要人对了,再远的距离都不会是问题。

今天刷微博,看到一个话题,问:"你第一次坐飞机是什么时候?"

人生有很多个第一次,大多我都记不清了,关于第一次坐飞机,我却记得很清楚。

因为我第一次坐飞机,是为她去的南京,那是我和她异地恋的第二年。

那会儿我刚上大学,没什么存款,银行卡里的钱也只够我买一张飞往南京的单程票,还买不起直飞的,价格低的那一班需要到西安中转。

十一月底,正是西安雾霾最严重的时候,我是个健忘的人,但咸阳机场的 T1 航站楼我能记一辈子。因为那天飞机延误,我在机场滞留了一夜。

得知我要去南京的时候,她着急得不行,怪我太冲动,如果真的想要见面,她回来就好了。

我也不知道当时哪来的勇气,只身一人,就敢去往一座完全陌生的城市。一个人在机场的时候,看着来来往往的人,心里不是不害怕，但听到电话里她关切的话语，情绪就一点一点被抚平，也更坚定了一定要见到她的决心。

于是我连夜从机场坐大巴辗转到了火车站，买了最近一班去南京的火车票，还好这一次，火车没有延误，把我带到了她的身边。

到南京的时候已经是凌晨三点，比我预期晚了十八个小时。那天南京下着小雨，她穿得很少，但握着我的手却暖得出奇。

我们是异地恋，相距1800公里，去往她所在的城市坐飞机两小时，坐火车要二十二小时。

她是典型的摩羯座，外冷内热，大学学的兽医专业，喜欢小动物，在一起的时候，走在路上看见小猫小狗，她也会停下来逗一下。她住的宿舍楼有同学养了小奶猫，不在一起的时候，她会给我发一些逗猫的照片和视频，就像我们从未分开过一样。

和别的情侣不一样，比起男朋友，兽医姑娘更喜欢说我是她的"饲养员"。

我记得有次我们一起在高铁上，她在我怀里睡着了，醒来之后发现我左手拿着手机，右手轻轻地顺着她的头发，从头顶到发梢，和她平时顺猫毛的动作如出一辙。

我以前是不相信异地恋的，但因为她，我信了。

我高考失利，复读了一年仍旧没能考上南京的大学，当时觉得再怎么努力也就这样了，在电话里憋着眼泪说要分手，说异地恋太难了。

当时她安静地听我说完，然后一反常态，霸气地说了一句："做主人就要有一辈子的觉悟，你见过哪个主人抛弃宠物的，你这样是要受到道德谴责的！"

于是分手未遂，我也和兽医姑娘开始了异地恋。

这是我们异地恋的第三年，或许在别人眼中，我们只是一对再普通不过的异地恋情侣，但在彼此心里，我们就是闪闪发光的星星。

因为她，我变得成熟，变得温柔，就连许久未见的哥们儿都由衷地觉得我在一天天变得更好。

我想是这样的吧，即使不在身边，她也给予了我足够的陪伴和支持。

在一起的1100多天，相隔的这1800多公里，每一天有每一天的温柔，每一公里有每一公里的坚持。

异地很难，但因为她，我有了对抗一切的勇气。未来再远，我也会握紧她的手，一起朝前走，因为比起眼前，我更想要属于我们的以后。

今天有点儿闹肚子，兽医姑娘现在正像小猫一样围着我团团转，叮嘱我怎样才能让肚子不那么疼。

异地很难，但因为她，我每天都很幸福，也希望所有心里有爱的人永远都有坚持下去的勇气。

26 杭州没有白娘子，但是有你

自打开始写东西之后，我就发现自己的"脑洞"越来越大。

每天都有各种想法往脑子里钻，各种故事、各种梦交织在一起，当我把它记录下来的时候，都有些分不清，到底是梦还是现实。

比如说下面这个，故事的主人公叫阿莹。

阿莹我见过，在杭州，但事情隔得太久，我已有些分不清几分真几分假，只能凭着记忆把当时那个关于她的故事记录下来，也是一桩美事。

01

我是阿莹。

我去过杭州三次，第一次暑期旅行，第二次为了见一个人，第三次，我决定留下来。

小时候看《新白娘子传奇》，隔壁家的小女孩都是披个蚊帐当头花，假装白娘子，我却在看到白娘子被关进雷峰塔的时候，哭得撕心裂肺，一直想着，总有一天，我要去雷峰塔把她救出来。

所以大三暑期的旅行，我选择去往杭州。

不承想，那一次，我没把白娘子救出来，反而把自己搭进去了。

我想过一万种浪漫的场景来遇见我未来的另一半，但绝不包括我和老于相遇的这一种。

我不小心跌进了西湖里，变成了落汤鸡，他以为我失恋想不开要自杀，履行了人民警察的光荣使命，把我从西湖里救了上来。

以至于后来的很长一段时间，老于都觉得，我追他，是为了报恩。只有我知道，我喜欢他，大概是脑袋进了西湖水，他跳下来水花四溅的那个瞬间，我竟然觉得他就是我命中注定的那个许仙。

02

如果不是现在老于正在厨房给我熬红糖姜茶，我大概会觉得这人和法海一样，出家了，根本不懂什么是爱。

老于把我救上岸之后就走了，什么联系方式都没留。

而我只能第二天傍晚在西湖边上蹲守，祈祷能再遇见他，幸运的是，我真的等到了，我厚着脸皮和他搭讪说感谢，追着他跑完一整个苏堤，他才拗不过，给了我他的微信。

我企图通过朋友圈互动来拉近我和他的距离，但以失败告终。他的生活很无趣，朋友圈的更新频率以年计算，上一条还是新年祝福。

再往上，是一条关于夜跑的朋友圈，我才知道，每天晚上8点，他都会去西湖边上跑上一个小时。

于是我就每天8点准时在苏堤入口等着他，然后陪着他跑。一开始，都是我在讲我四处搜罗的段子，有些他会冷脸表示无聊，但偶尔他也会和我一起捧腹大笑。

慢慢地，他会开始和我说起杭州的一些事，他会提醒我说一到放假，湖滨路的游客就特别多，出门一定要小心。

他说下雨的时候，西湖才是最美的，"山色空蒙雨亦奇"，烟雨中的西湖有一种他最爱的朦胧美。

再到后来，他会回头看我有没有跟上，偶尔也会停下来等我，虽然嘴上还说着我平时一定缺乏锻炼。

03

我是一个跑八百米都要命的人，却每晚陪着他围着西湖跑了足足半个月。

可老于平时要上班，除了夜跑，我和老于几乎没有其他的相处时间，一直到最后一天，我说我要走了，老于才终于松口，说要送我去车站。

在进站口，我鼓起勇气抱了他一下，因为我不知道我什么时候还会来，老于没有推开，像摸小孩子一样，摸了摸我的头。

回家之后，我每天和老于说我在学校中发生的琐事，他也认真听，偶尔会和我说他工作中的趣事。

每天不管有多忙，他都会在睡前回我的微信。

我不管每天有多累，都要和他说上一两句，哪怕只是几句日常的问候，我都觉得特别有意义。

04

第二年寒假,我又去了杭州,我站在老于面前的时候,他问我怎么又来了,我说,上次忘记了,这次我一定要去雷峰塔把白娘子救出来。

老于笑着抱住了我,告诉我白娘子有许仙了,不如我救救他好了。

其实我怎么不知道白娘子早已位列仙班,不在雷峰塔下。

我只是找了一个蹩脚的理由来见他,而他恰好都懂。

虽然他木讷地说不出一句爱我的话,但在我拥抱他的时候,他没有推开我,我就敢再朝他迈进一大步。

其实爱情里哪来那么多的不敢说、远距离,为你我不远千里,为你我可以与全世界为敌。

只要身边有你,我就能无所畏惧。

杭州只要有你,就是我的老有所依。

05

走南闯北这么多年,我始终相信,一座城市最有魅力的地方,不在山水,不在高楼大厦,而在于你在那短暂停留的时候,遇见的人,发生的事。有的道听途说,你却信以为真了。有的真真切切发生了,你却恍惚间觉得一切从未发生过。

比如说,杭州。

PART 4

今天也要爱自己呀

再喜欢一个人也别弄丢了自己,
失去自我的感情总是走不长远的。

27 别和只在晚上找你的人谈恋爱

我不是想教你在爱情里算计得失,只是希望你不要被骗。分享佳倩的故事给你,这样的圈套可别再上当了!

01

上个月某个晚上,吃饭的时候,佳倩和我说,她好像恋爱了。

我一听这话就有点蒙,好像?谈恋爱这事还能有好像?

佳倩解释说不是我想的那样,只是两个人都还没有说穿,没有确定恋爱关系。但是她能感觉到两个人的心里是有对方的,平时说话的态度也和男女朋友差不多了。

佳倩说那个男生对她很好,除了白天忙着上班不太找她以外,晚上不管多晚他都会回她消息。晚上知道她加班没吃饭马上就会给她点外卖,佳倩生日的时候他还守着零点给她生日祝福。

我说得得得,点个外卖、聊个天这么简单的事,是个人都会啊,这哪能看出一个人是不是真的爱你。

如果那个男生只能给她一些看起来美好的粉红泡泡,给不了她实实在在的爱,我一定要举起现实的大头钉一个个戳破它。

02

原来两个人是在一次朋友的饭局上认识的,男生是佳倩高中同学的哥们儿,当时两个人聊了几句,还挺合得来,就互换了微信。之后每天晚上那个男生都会找她聊天。

我问佳倩那个男生一般都晚上几点找她?佳倩回答说 10 点以后,男生说那是他一天中最开心的时候,没有烦人的工作,洗完澡舒舒服服躺在床上和喜欢的人聊天,再好不过了。

男生也约过她好几次,约会的理由很体贴,说佳倩加班累了,正好出来吃个夜宵放松放松。而佳倩这种加班狂下班时间都是深夜两三点。

深夜两三点孤男寡女出来吃夜宵?我说佳倩你别是被骗了吧?哪个想和你正常谈恋爱的人只在 10 点以后找你啊?

你确定他是想哄你睡觉,不是骗你出去和他睡觉?

佳倩不信,她说人家只是白天上班忙,男生嘛,工作努力一点,多赚一点钱,为了以后给老婆更好的生活,这不是很好吗?

03

我问佳倩,那你俩后来见过了吗?他约了你那么多次,你出去过没有?

佳倩说没有,最近正好赶上公司接了一个新项目,大家都是没日没夜地加班,哪里还有时间去风花雪月,只能先冷落他了。不过这个案子马上就做完了,终于可以见面好好吃个饭了。

佳倩说这话的时候笑得像个花痴,我那巴掌大的出租屋里满满的都是恋爱的酸腐味。我要是这个时候和她说让她别去，说那个男生只是为了和她睡觉，她肯定觉得我冤枉好人。

我告诉佳倩，和男生约会的那天告诉我，到12点男生还要有下一步活动就给我打电话，我去接她。

果然，不出我所料，佳倩提议出来吃晚饭，男生说要加班，要不去看10点的电影，然后吃个夜宵什么的。

估计12点是完事不了了，我说那你吃完夜宵告诉我。

佳倩是在深夜2点给我打电话的，她说他俩吃完夜宵了，但是男生把自家钥匙落在公司了，这会儿公司也关门了，没法去拿，只能睡外面了，问佳倩能不能陪他一起。

我一听这话就知道我的预感正确了。加班、午夜场电影、夜宵、没带钥匙，巧合太多，多到让我想到一句话。

男生想睡你的时候，什么鬼话都说得出来。

我问佳倩："你相信我吗？如果你信我，就和他说你闺蜜喝醉了，酒吧的人打电话过来让你去接她，如果过了今晚他还像之前那样联系你，就算我狗眼看人低，如果他不找你了，那你也算看清一个人。"

佳倩说好，于是婉拒了男生去宾馆的邀请，来了我家。

04

第二天，男生没有找她，第三天，男生还是没有找她。

她给男生发消息，男生也不会像以前一样"秒回"，没聊几句就说要睡觉。结果佳倩却在她高中同学的朋友圈里看到男生和一群人在蹦迪，哪里有一点儿要睡觉的意思。

男生的朋友圈也不像和佳倩暧昧那段时间，只有岁月静好的文青标准型朋友圈，夜场电影、蹦迪、各种局，他身边也慢慢出现了另一个女生暧昧的身影。

佳倩终于信了我的话，删掉了男生的微信，回归到了我们单身的阵营。

周末她照例来我家蹭吃、蹭喝、蹭睡，吃完饭我俩窝在沙发里看肥皂剧的时候，佳倩一边咔嚓咔嚓嚼着薯片一边和我说："你真狠，防备心这么重，难怪找不到男朋友。"

我骂佳倩白眼狼："要不是我，你指不定就被哪个'人渣'带到宾馆吃干抹尽后再一脚踹掉了。"

佳倩胡乱塞了我一嘴薯片，像个闹别扭的小孩，说："好了好了，我知道了。"

我说知道就好。

恋爱又不是只有睡觉这一项活动可以进行，如果是不能在白天聊天，不能被对方承认的"见光死"，不要也罢。

恋爱不是逛淘宝，可以让你把相似商品通通放进购物车一一比较。我也不是商品，可以让你一挑再挑。

所以如果只在晚上找我，和我吃夜宵只为了睡觉，而不是在睡觉之后想着怎么给我做早餐的，那还是就此打住吧。

毕竟有些事适合在晚上做，但恋爱不行。

28 别心软，别回头

喜欢本就是两个人的事，所以你不喜欢我，我不怪你。

没有回应，我也可以完成我一个人的爱情。

可现在我只想回到过去，一巴掌拍醒当时的自己，好好看清这个人。

你到底看上他哪一点？干吗要死揪着不放，委屈自己？

对于谈恋爱这档子事，我一向主张两情相悦，你喜欢他，可他没有回应你的义务。所以分手就该洒脱离开，至少遇见过一个让你心动不已的人，也不错。毕竟是自己喜欢过的人，即使分开了，也没有必要去谩骂他，抹黑他，老死不相往来。

可对于嘉禾的经历，我只能说，有些人只配用来祭奠，不配用来怀念。如果说不以结婚为目的的恋爱是耍流氓，那这种不以谈恋爱为目的的"广撒网，鱼全捞"的人就应该碎成渣渣，原地爆炸。

渣男如果还有存在于这世上的价值，那必定是他那副还算养眼的皮囊。嘉禾掉进郭景明这个坑里就是因为郭景明那副足够他招摇撞骗的好皮相。郭景明长得好看，这点大家都同意，要说怎么好看，大概就是，在这个女生扎堆的学校里，他就像青春剧男主角一样，面如冠玉，腰细腿长，穿衣显瘦，脱衣有肉。

好看到嘉禾只看了一眼就彻底沦陷；好看到嘉禾也宛若失聪

般,听不进任何有关他的负面评价,一直装瞎,一直拖到自己伤身又伤心之后,才不得不承认是自己眼瞎看错人。

嘉禾不是那种主动的女生,所以当她主动借助各方力量要到郭景明的微信,并扬言一定要在最短的时间内把他"拿下"的时候,我们是震惊的。但好在一切进行得顺利,在坚持了一个月从早聊到晚,再从晚聊到早的线上恋爱后,他俩约了见面看电影。

为了和郭同学的第一次见面,嘉禾放弃了她最爱的布朗尼蛋糕。郭同学喜欢脸小的女生,而嘉禾属于可爱的婴儿肥,所以为了让自己的婴儿肥消下去一点儿,整整一个星期,嘉禾粒米未进。那时我们都调侃她,你这是要见面就饿晕在他怀里,直接进入主题啊!

看电影的过程我们不清楚,也许是减掉婴儿肥的嘉禾真的美得不可方物,以至于郭同学也没能把持住。总之那场电影之后他俩就确定了恋爱关系,至少在我们看来这关系算是定了的。只是两个人不是一个专业,课程又多,所以大部分时间都是线上联系。线下也一般是在校外看个电影吃个饭,诸如此类的。

自此以后,嘉禾再没加入过我们宿舍夜聊的大军,因为她晚上不是在给郭同学发消息,就是在等郭同学给她发消息。然后就对着手机屏幕傻笑,对着手机屏幕难过。周末也不再和我们逛街约下午茶,因为她的周末不是在和郭同学约会,就是在准备和郭同学的下次约会。总之,那段时间,她的眼里只有他,而且固执地以为,他的心里也只有她。

故事讲到这里,一切都很美好,接下来应该就是有情人终成眷属的圆满大结局了。但生活哪能让你处处如意,电视剧里的狗血戏码指不定下一秒就发生在你身上。而这次,它砸中了嘉禾。

偶然的一次机会，嘉禾看到了郭同学的手机。最上面那个对话框，显示的时间是昨天半夜一点，那时候郭同学和嘉禾说他要睡觉了，却不想他是在预谋和另一个人睡觉。往下翻才知道，郭同学这样的预谋对象还不止一个。而且看了郭同学和她们的聊天记录，嘉禾才知道，郭同学一直对外宣称自己单身，这也就很好地解释了为什么他从不在朋友圈发有关嘉禾的任何消息。那些嘉禾曾经感动得泪流满面的朋友圈信息，那些曾经在她看来，是在暗示他在想她的朋友圈信息，现在看来，把他的任何一个预谋对象代入也都可以。

如果这些嘉禾还可以安慰自己，是自己想太多，也许他只是言语轻浮一些而已。但在嘉禾生日那天，郭同学以自己社团有聚会为由，推掉和嘉禾的约会，却被嘉禾亲眼撞见他和一个女生在操场角落搂在一起，亲得忘乎所以。嘉禾再也没能欺骗自己，她可以为了追他放下身段，但不能因为爱他丢掉自己的尊严。

摊牌那天，嘉禾冷静得可怕，一条条列举了郭同学的罪行后，潇洒地转身走掉。只是回到宿舍后，自己一个人躲在厕所里哭了很久。哭完她和我说，其实她早该知道的，如果一个男生对你是认真的，就不会第一次见面就约你看一场午夜场的电影，电影结束后要发生什么不言自明。如果一个人对你是认真的，他就不会藏着掖着，喜欢一个人是一件多值得骄傲的事，如果能够和喜欢的女孩在一起，他一定会迫不及待地向全世界宣告他的主权。

可哪有那么多的"早知道"，感情这种事，往往都是当局者迷，旁观者清。那时沉浸在满满粉红泡泡里的嘉禾，哪能看清郭同学渣男的本质。而郭同学也丝毫没有受到分手的任何影响，依旧发着暧昧不清的朋友圈，依旧标榜着自己单身却总被撞见和不同的女生在各个场合卿卿我我。

以前看过一句话,谁年轻时没遇见过渣男?我想,郭景明就是嘉禾年少时要经历的一个教训。郭景明各方面都好,只是对你不够好。他可以和无数人谈恋爱,只是没人能走进他心里。他可能也是爱你的,只是他爱的不只是你。

我不想安慰我的嘉禾别生气,不值得。因为他是负了她,也活该被我们骂。

我也不想催促我的嘉禾赶快走出来,忘掉他,一切都会好的。

因为我知道,我的嘉禾很好,她总会忘了他。

未来也一定会有那么一个人真的爱她。

遇人不淑,那就潇洒离开吧。既然知道他是渣男,那就放他走,也放过自己吧!

少不更事,喜欢上你算我瞎,愿你再也等不到一个你爱的她。

29 爱我，你不需要她来教

现实永远比电视剧更戏剧化，被闺蜜抢男朋友这件事我遇见的不在少数。

阿宁的遭遇绝对算得上戏剧中的王者，毕竟她的那个闺蜜，和她亲如姐妹长达十年。

分享她的故事，愿你擦亮眼睛，别被"塑料姐妹情"阻拦了你追寻幸福的脚步。

01

再大度的人，也学不会在爱情世界里心胸辽阔。

我这人天生讨厌拥挤，你心里那块位置我更不想与别人比邻而居。

这里或许来过许多租客，可如今房东是我，你也只能闭门谢客。

我这辈子做过最错的事情，就是在橘子面前说了你的好。

我和她十年闺蜜，好到可以吃同一块雪糕，穿同一件外套。

好到两个人喜欢的衣服款式一样，报的大学专业一样，喜欢吃的甜食一样，但我没想到，就连喜欢你，也一样。

02

我喜欢你，人尽皆知，橘子也不例外。

有人说，女生喜欢一个男生一定不要主动说爱，到手太快，他来不及学会怎么去爱。可对于我这种粗线条的人，喜欢一个人，哪是能够憋得住的事？我大大咧咧，可以和所有男生讲带颜色的笑话，可唯独跟你，我不敢。我连和你对视都觉得脸红心跳。

所以明眼人只要不瞎，都能看出我喜欢你。更何况我这人嫌麻烦，有什么事都是一声高呼，直接全班宣布，一步到位。可你，我就连找你借个橡皮，都要端端正正写好小纸条，再小心翼翼地放到你的桌角，等你自己看到，生怕我的一丁点凡夫俗气玷污了你的温润如玉。

或许所有人都没有想到我们俩最终会走到一起，包括我自己。

我追你，也是从一张端端正正的纸条"下晚自习后操场见"开始。

你会来，我能想到，对于别人的应邀，你都会礼貌出席。

只是你见到我的第一句话就是"我也喜欢你，我想我们可以在一起"是我没有想到的。我说真奇怪，我喜欢你，是因为我觉得自己傻不拉几，和你在一起，或许能沾沾仙气。

那你喜欢我，是为了什么？

你说，平淡的日子太无聊，能有个我这么逗的人把你的生活搅得天翻地覆，也挺好。你说你喜欢看我逗乐耍宝，喜欢我一看见你就咧着嘴傻笑。

03

  我和橘子这么要好,找了男朋友自然要给你俩介绍介绍。一开始我很开心,男朋友细心到向闺蜜打探我的喜好,能够在我生日的时候送我一只我最爱的加菲猫是我最感动的事情。

  我当时觉得,有你们真好,我真幸福,有这么懂我的闺蜜,有这么爱我的男朋友。

  但我没想到,自此她成了你了解我的万能药。给我定份外卖你要问她我要多辣还是少辣,明明我俩就坐在一起,你也要在给我调火锅蘸料的时候发微信问她我要不要香菜。

  我和你吵,你嫌我闹,你说你之所以和她联系不过是为了摸清我的喜好。

  你不知道,我最大的喜好是你,只要是你给的,我都想要。

  闺蜜再好,我也不喜欢你总和她联系,我宁愿有关我的喜好,你心里满是问号。

  你说我太骄傲,问我什么我总不说,所以你不问了,问橘子比问我来得更直接可靠。

  可爱我的人是你,为什么懂我的人却只能是她。没有人天生就对一个人了如指掌,她了解我,那是因为没有爱情,我们是彼此最好的良药。

  你说我一向大度,不用介意这些细节,只要知道你心里没她就好。

  可是你不知道,橘子曾经和我说过,你不好,至少不值得我对你这么好，我应该早点放手，会有更适合的人在等我，她心疼我谈个恋爱也这么心酸难熬。

你更不知道，那天你把手机落在我家，橘子发给你的那条告白短信，我是怎么忍着眼泪读完的。

没有人会没有缘由地无理取闹，因为我知道，就算分手，也会是更爱的那一方在跪地求饶。

我知道你心里没有她，可我的眼里容不得沙。

我不是没有缘由地无理取闹。

只是她爱你，我知道。

而你爱我，我不想让她来教。

30 别说喜欢我，却什么都不做

这个世界上大多数的爱情都是这样，说到容易，做到很难。

有的人明明在恋爱，却和单身没有什么区别，和你分享一个真实的故事。

如果你也有这样的经历，希望你再等一等，别着急，要么等他付出真心，要么等另一个更好的人出现。

有好几次，我都觉得自己差点儿就要恋爱了。

心动总是一瞬间的事情，当你说你喜欢我的那一刻，我甚至想到了我们的以后。

我想着以后我们会有一套不大不小的房子，养一只大而温柔的狗。

周末我会牵着你的手去逛街，偶尔路过一家装修精致的甜品店，你会耐心地跟我讲道理，甜食吃多了对牙齿不好。

我以为你说的喜欢，是会跟我有很长很长未来的喜欢。

但是我错了，恋爱里的人都是语言表达能力超过实际付出的高级动物，很多情况下，我都感受不到你说的那种喜欢。

你说你喜欢我，可是在我生病的时候，你却从来只会跟我说多喝热水。

你说你喜欢我，可是在我因为忙而没空回你消息的时候，你却从来都不会理解。

你说你喜欢我，可是在我孤单的时候，你却与其他人在一起推杯换盏。

你说你喜欢我，但大多数在我需要你的时刻，你都从未出现过。

金星曾经说过："等我女儿长大了，我会告诉她，如果一个男人心疼你挤公交，埋怨你不按时吃饭，一直提醒你少喝酒伤身体，阴雨天嘱咐你下班回家注意安全，生病时发搞笑短信哄你……请不要理他。

"然后跟那个可以开车送你、生病陪你、吃饭带你、下班接你、跟你说'破工作别干了！跟我回家！'的人在一起。"

是啊，年龄越大越会明白，爱情绝对不能只是说说而已，而是要看你为我做了多少。

其实我真的不难追，而是要看你到底是不是真心喜欢我。

我只是单纯地想要从你说的喜欢里获得一份踏实的安全感。

我只是想要你在我的身边的时候不要再想着别人。

我只是想要从你那里看到以后，而不是今天你还在，明天就不爱了。

我也害怕当我回应了你的喜欢以后，你却不懂得珍惜。

我也害怕你说的喜欢，只是乍见之欢。

所以在你没有考虑好可以让我成为你的未来时，请你不要说喜欢我。

我不是一块糖、一句情话就能感动的小女生，我只想跟会珍惜我、会对我好的人谈恋爱。如果这个人迟迟不来，也不妨碍我继续等待。

反正人山人海，我可以边走边爱。

反正时间还早，我相信最后赶来的人，配得上我这场迟到的心动。

31 我给你最后的温柔，就是放你自由

感情里嘴硬的男生有很多，心里不甘心，嘴上又不承认。

无人的地方哭得稀里哗啦，人前却又装作毫不在乎。

如果你遇见了这样的男生，请别戳破他小小的伪装，那是他留给自己最得体的退场。

2018年的时候，周杰伦出了一首新歌，名字叫《不爱我就拉倒》。

零点刚过，朋友圈就被周杰伦的新歌刷了屏。

有人开玩笑说四个月前还在"等你下课"的男生，四个月后就变成了"不爱我就拉倒"，所以谁说女生善变，明明男生也很善变好不好。

杰伦在新歌里讲了一个"不甘心"的故事。

男生在喜欢的女生离开自己后，所有的骄傲与倔强喷薄而出，唱道："反正我又不是没有人要。"

然而爱情中的大多数人都是口是心非的，虽然嘴上说着不爱我就拉倒，可心里想的却是你幸福就好。

很多人说这首歌相较于杰伦之前的歌来说，歌词有点土，就连方文山的微博都因此"沦陷"，网友们纷纷表示让他来给这首歌重新填词。

可是我却觉得，其实这首"土味儿"的情歌，会让所有在爱

情中不被深爱的人听到落泪。所有经历过单恋的人都明白那种感觉，希望你过得好，又怕你从此把我忘掉。

虽然我们嘴上说如果你走了，那么从此以后我们就做陌生人，等到再见面的时候，谁都不要主动开口问候。其实我们心里都很清楚，曾经的你对于我来说是最特别的人，哪怕是后来我们分开了，我们爱过的证据，也不能让你在我的回忆里变得普通。

就像陈伟霆和阿娇在电影《前度》里演的，明明分手前两个人吵了那么多次架，摔了那么多次杯子，但是当他看到阿娇一个人无家可归的时候，依旧会心软，会为她红了眼眶。

虽然我嘴硬说我会找到比你更好的人，但事实上却是除了你，我再难爱上任何人。

爱情不像小孩子过家家，赌气互相不理谁，谁先开口和好谁就输了。爱情是如果谁都不开口，那么两个人就都输了。

我理解所有在爱情里哪怕明知道没有什么可能，但仍旧抱着一点点的希望去纠缠对方的人，其实他们不是爱得卑微，而是真的不想让自己后悔罢了。

虽然我知道，总有一天你会真的离开我，但只要现在你在我身边，就好过我从未拥有过你。而等到你真的要离开的那天，我会故作洒脱地说："你走呗，我又不是没人要。"嘴硬是为了让我不要显得那么狼狈，也是为了让你能够走得毫无牵挂。

我希望你能得到幸福，哪怕给你幸福的那个人不是我。

所以如果有一天有一个人跟你说出了这句"不爱我就拉倒，反正我也不是没有人要"，请你原谅他仅此一次的孩子气，其实他是真的很喜欢你，但是却又无能为力。

也请你最后一次再守护他的骄傲，不要戳穿他的自尊心。

因为他最后的温柔，就是给你自由。

32 算了，你还是不要喜欢我了

单身的人群里，有这样一群看似奇怪的人。

明明比谁都想谈恋爱，但真有人和他表白了，他对对方也有好感，却在关键时刻退缩了。

这类人不在少数，以前我也想不明白，但后来我遇见了我的哥们儿阿英，一个追求者无数，感情经历却屈指可数的万年单身者。

舒淇在电影《剩者为王》里的一段台词令我印象尤为深刻："我就是死要面子，自尊心特别重，我只要一发现，对方没有那么喜欢我了，我就会把这段感情判一个死刑，不想勉强自己喜欢别人，也绝不勉强别人喜欢自己。对方迈一步，我会更热情，对方退一步，我就想消失。"

后来想想这大概就是那些想爱，但又不敢爱的单身人士的最真实写照。就像阿英那天喝醉后和我嘟囔的那些。

是啊，很多时候，我也在想，像我这么拧巴的人，大概是真的没有人来爱我了吧……

以前，我也有喜欢一个人的时候，可真正喜欢一个人，往往伴随着不安、敏感、多疑，有我的无理取闹，有我的满心欢喜，也有我的冥顽不灵。

于是一段感情在这些催化剂的作用之下，很快就走到了尽头。

所以，后来不管我再怎么喜欢一个人，都会表现得没有那么喜欢。

即使我再怎么想你，但"我想你"这句话始终都不会说出口。

其实坦率地表达喜欢并没有什么难度，可我就是太害怕了，我害怕你没有那么喜欢我，所以我总是小心翼翼地去喜欢一个人。

明明喜欢的程度有十分，可我表现出的只有三分那么多。我总是会口是心非，来掩饰自己的不安和懦弱。

有的时候很想去关心你，可话到嘴边还是忍住了；有的时候很想去为你做些什么事情，可一切准备就绪，我还是决定算了。

即使每次因为什么事情而引发争吵的时候很想跑去找你，可我偏偏倔得要命，死都不肯低头。

于是想你的时候我就尽量给自己找点儿事去做，我以为这样就会分散自己的注意力。

在经历了无数次的冷战和争吵之后，两个人谁都受不了了，彼此达成共识选择分手。

那个时候我难过得要命，在聊天框输入了大段想说的话，可后来还是全都删掉了。

然后发送了一句"你再也不会遇到像我这样的人了"。

也是过了很久，想想要是当时你肯主动挽留一下，我想我一定会选择奋不顾身地跑向你。

可是没有如果，你没有找我，我就告诉自己，这段感情我应该放下了。

即使自己放不下，一遍又一遍地懊悔，要是当初自己没那么任性就好了。

当时有人见我这么难熬，便开口问我："你这么想她为什么不告诉她？"

我摇摇头，我知道自己根本做不来主动，更别提什么求复合这种话了。

就如《像我这样的人》歌词里写的那样："像我这样懦弱的人，凡事都要留几分，怎么曾经也会为了谁，想过奋不顾身。"

是啊，即使对方很不错，自己确实也喜欢得不得了，我却只会用嘴硬的方式来换取自己的自尊心。

很抱歉，因为自己的懦弱就轻易把你错过。

后来想想，当初分手时我对你讲的那句话，原本只是想让你放不下我。

而现在我是真的不希望你遇到像我这样的人了，像我这样的人，不懂得表达自己，也从不主动，更不懂什么示弱，你还是不要喜欢的好。

33 再喜欢，也不要弄丢了自己

在爱里，谁都难免跌倒过，我心疼你的伤，但也想告诉你，千万不要在同一个坑再摔倒了。希望小曼的故事能让你更警醒，牺牲也不一定能换来心疼和感动，任何时候都别弄丢了自己。

我昨天陪小曼去堕胎了，小曼是我姨妈家的孩子，今年十八岁，刚上大学不到一年。

几天前，小曼告诉我她怀孕了的时候，我以为她在开玩笑。她不是个随随便便的姑娘，家里管得严，她上大学前都没谈过恋爱。

我比她大不了几岁，她不愿意和她爸妈说的事都和我说，据我所知，她在上大学前，连男生的手都没拉过。

谁曾想，才进大学，青春电影里的狗血剧情就这么血淋淋地发生了。

我还记得几年前我和她一起看完《同桌的你》走出电影院的时候，她还和我吐槽说，这年头，学生时期不堕胎就不能毕业了咋的。

以往小曼到我家就跟猴子一样，上蹿下跳的，埋怨食堂饭菜不好吃，要我给她做这做那。现在她躺在床上，一脸惨白，我问她想吃什么，她都说没胃口。

我看着她躺在床上，一点生气都没有，眼睛放空地看着天花板，眼里空洞得就像个布娃娃，再不像以前那样在我耳边叽叽喳喳说个不停了。

我想责怪她为什么不保护好自己，但我没说，因为比起责怪她的不懂事，我更心疼她。帮小曼掖好被子准备出去的时候，我听到小曼说："我早该知道的，他不会负责。"

我知道小曼嘴里的他是谁，她和我说过，刚进大学那会儿，就有个大四的学长追她。她说那学长长得好看，又是院系的学生干部，还会弹吉他，她也挺喜欢他的。

小曼没经验，逃不过学长猛烈的追求攻势，答应了他。小曼恋爱的事也没瞒着父母，我们家一向提倡男女交往不要一个劲儿地让男生花钱，都是学生，交往的时候还是两人一起分担的好。

所以小曼的零花钱就比没恋爱的时候多了1000块，但我发现零花钱多了，小曼却好像比以前更节省了。

小曼喜欢动漫，动漫手办几乎占据了她的大部分零花钱。但谈恋爱之后，她再没买过新的手办，我有次问她怎么连手办都不买了，她说她想攒钱给男朋友买球鞋，这钱一攒就是大半年。当时我还奇怪，小曼就算买球鞋也两三个月就够，后来我才知道，之所以攒了那么久，是因为他们俩出门约会基本都是小曼花钱。

在家要爸妈连哄带骗才不情愿去洗碗的小曼，甚至为了他周末还在学校附近的咖啡厅兼职打工。

我问小曼他怎么不花钱，小曼说他家里管得严，一个月的生活费就给几百块，他没那么多钱。

我当时就说这男生不行，但恋爱中的女人都是睁眼瞎，小曼说两个人谈恋爱，她多花点钱，也没什么，只要他爱她就好。

小曼不知道，连钱都舍不得为你花的人更加舍不得爱你。

小曼说，孩子这事是个意外。

之前他提过几次要发生关系，小曼都拒绝了。这一次，是部门聚餐小曼喝了点酒，他来接她，宿舍有门禁，就给她带去了宾馆，两人半推半就就发生了关系。

那时候她也担心会不会怀孕，问他要不要吃药，他说别吃药，吃药对小曼身体不好，小曼当时还感动得不得了。

他用一句暖心的话哄住了小曼，可他压根没想过万一有孩子了怎么办。

他大学即将毕业之际去了外地实习，他说他有梦想、有未来，而小曼不在他对未来的规划里，孩子更不在。

他没把她写进他未来的人生，也没想过现在和她结婚生子。

小曼说她现在知道了。

恋爱时的花言巧语一文不值，没和你谈过未来的也不会珍惜你们的现在。

如果他真的爱你，不会不舍得为你花钱，不会让你一个人面对冰冷的手术室，不会在你还没痊愈的时候就一走了之。

姑娘总在恋爱的时候全身心地投入进去，为爱的人赴汤蹈火，即便内心怀疑过自己所托非人也要用他偶尔的那点好安慰自己，虽然他有错，但是他至少爱我。

可他若真的爱你，就不会让你感到不确定，不会让你对你们的爱情产生怀疑。

我不想责怪小曼遇到渣男还不当机立断，及时止损，因为年少无知看不清的太多，大多数人的青春都要经历一些曲折。

我只想抱抱我的小曼，告诉她，未来还很长，一切都会好的。

人生那么长，总归要经历点挫折才能学会成长，爱情也是。

渣男这回事，这次遇上受了伤，下次碰到长点心就好了。

毕竟他可以继续渣，但你不能一直瞎。

34 这样聊天，难怪你找不到对象

你身边有这样的"体贴"男友吗？他看似什么都听取你的意见，但就是光说不做。让故事中的女孩教一教男生们如何正确和女朋友相处，一起学起来吧！

许久不见的好友突然约你，无非两个理由。一是穷困潦倒想借点钱，二是分手被甩求安慰。

显然，华子约我，出于后者。

距离上次我俩见面已经过去整整一个月了。以前我们俩下班后总是相约出来撸串、聊天。所以在他第二次拒绝我邀约的时候，我没忍住，问他究竟在忙什么。

他回我，他看上了他们公司隔壁部门新来的女同事，刚得到微信，晚上都在和她微信聊天增进感情，没空出来陪我喝酒。我当即挂了电话。

我自己一个人可以，但我不能阻止朋友恋爱的步伐。

所以现在华子主动约我出来，只能有一个原因，新同事这事儿黄了。他不用陪聊自然又闲了，又可以和我厮混在一起了。

华子给我看他和那姑娘的聊天记录。问我为啥他这么上心，姑娘啥时候找他他都"秒回"，姑娘一点小伤他都表现得非常关心，怎么就是追不到呢？

我翻了翻俩人的聊天记录，白了华子一眼，把手机扔到他怀里，说:"要我,我也不想和你继续聊下去。"

华子问我为什么。我说:"很简单,因为你硬不起来。"

华子气得发抖,作势要来打我。说我凭什么说他不行,光聊个天怎么就能看出他不行了。

我笑他傻,这不是指那方面行不行,我说的是他聊天的语气不行。

华子闻言放下了马上要招呼到我身上的巴掌,搬起小板凳朝我身边挪了挪,一脸谄媚地看着我:"来来来,求指点。不然我一辈子光棍,可就赖你这了。"

我这人向来怕麻烦,为了防止华子真的一辈子赖我这,我只能忍痛放下我手中的烤串,耐心告诉他为啥姑娘不喜欢他这种"硬不起来的人"。

我和华子说,知道我为什么和前男友分手吗?就因为他什么都随我,我做什么他都说是对的,明摆着是我的错,他还要说是他自己不好。

这种事情一次两次你可以说他爱你,所以什么事都宠着你。多了,你就会觉得这人连原则都没有。

这就是一个成就感的问题,你这样什么都依着她,不但会惯出一身坏毛病,她还不懂得珍惜。

我有一个女性朋友,是个女汉子,我问过她想找个什么样的男生在一起,她说:"我想找个每天骂我傻、说我笨的人在一起。"

我当时也笑她有受虐倾向,现在想想其实女生只是希望男生能在生活中比自己更果敢,更有行动力,比如出去吃个饭,与其问我这个好不好,那个好不好,扯来扯去半小时还点不了菜,倒不如上来直接问女生有没有想吃的,女生犹豫不决他就能马上决定几个菜，女生要是表示不满意可以再改。这样既显得体贴，又有魄力。

毕竟生活中大多数时候，该硬气就得硬气，别磨磨唧唧。

我拍了拍华子的"猪蹄"和他说，下次女孩因为不知道吃什么所以没吃饭的时候，你别婆婆妈妈地说"好心疼你，要照顾好自己"。

硬一点，直接给妹子点个外卖，外加一条微信和她说："下次不知道吃什么和我说，我帮你点，不许不吃饭。"

要知道外表再坚强的女生内心都住着一个想要被疼爱的小公主。如果你唯唯诺诺，止步不前，即使时刻陪伴也就算个忠仆。

只有认定就下手、直接行动的王子才能俘获公主的芳心。

所以大兄弟，聊个天而已，别软绵绵的。男生硬气一点，不是什么坏事。

PART 5

错过也是人间常态

虽然我偶尔还会想起你,
但我想借自己一点勇气,
去遇见下一个人,哪怕不是你。

35 我们终于成了爱了很久的朋友

知道刘若英要把《后来》的故事拍成电影的时候,我就下定决心要为她贡献票房。

多年以前唱着"有些人一旦错过就不在"的"奶茶",在电影里讲了一个关于错过的故事。

在这个故事里,方小晓和林见清在火车上偶遇,两个怀揣着梦想的年轻人,在这座充满着无限可能性的城市里,一起熬过了很多艰难的夜晚,却没能一起等到天亮。

他们从"相爱"到"爱过"用了十年,从"我们"到"我和你"用了整个青春。

我想前任对于每一个人来说都是一根刺,扎在身上的时候痛,拔下来的时候也会痛。

明明在一起的时候,谁都不曾想到以后会分开,可是在提分手的时候,为什么没有人去想一下曾经有多相爱。

非要等到错过才去追悔,我们为什么没有好好在一起。

以前我以为有爱就够了,后来发现只有爱是不够的

故事的开始还要从两个北漂的年轻人讲起,一个卖光盘,一个卖磁带。

　　在北京这个竞争激烈的城市里，他们住过地下室，挤过隔断房，对家里从来都是报喜不报忧，生活很苦，却因为有一个很大的梦想，而变得有所期待。

　　小晓在出租车上冲着北京的夜晚喊着"北京，我们很快就要发啦！"的时候，我仿佛看到了刚来北京时的自己。

　　我理解小晓和见清在这座城市里迫不及待地拥抱，也理解后来小晓说的自己想要的已经变了。

　　以前啊，我们总觉得两个人在一起有爱就够了，但是后来，我们会渐渐明白，两个人在一起只有爱，的确是不够的。

　　爱不能让我免去居无定所的焦虑，也不能让我放下对这个世界所有的防备。

　　其实很多时候，真的不是女生现实，而是爱情终究只能是锦上添花。

　　在什么都还没有的时候，我又怎敢什么都想要。

以前抱在一起就能想到以后，后来连想象力都能弄丢

　　电影里有这样一幕，新年敲钟的时候，见清抱着小晓说，我们的穷日子开始倒数了。

　　以前我们只要抱在一起就能想到以后，后来我们却不知道什么时候就失去了想象的能力。

　　以前我总以为只要我努力地活成你想要的样子，我们就可以在一起很久。

　　电影里的见清从被同学嘲笑买不起房到事业成功，这个本来

有点自卑的男生开始变得自负。

可是在这个时候，曾经一直陪伴他、鼓励他，维护他的自尊心的小晓突然说我在乎的不是你能不能买得起房。这对他来说，无疑是另一个打击。

他觉得自己已经不知道小晓到底想要什么了，却不明白那个可以包容他所有孩子气的小晓，只是没有办法忍受他的不成熟而已。

爱情不能只是"我以为"，那也太自私了。

他把自己的不成熟完整地暴露在这个等他长大的女人面前，等到的却是让她攒够了失望，最后安静地离开。

一个可以陪自己吃苦的女人，却没能在自己这里得到享福的权利，对于见清来说，足以让他耿耿于怀。

后来的我明明什么都有了，却失去了爱你的资格。后来的我们什么都有，却没有了我们。

以前我不知道如何去爱，后来你已消失在人海

小晓对见清说，如果分手了，那我们以后就再也不要见面了。

然而世事难料，没有如果，两个人的重逢对于彼此来说除了遗憾，已无其他。

故事的最后，见清问小晓："如果当年我们没有分手，现在会怎么样？"

小晓回答说，那现在也会分手。

"如果我们有孩子了，结婚了呢？"

"可能你就不会有钱。"

"如果我早早就有钱了呢？"

"那可能你已经有十个小三了。"

看似带着几分怨气的对白，却真实得可怕。

有些人就是要用离开才能教会另一个人成长。对于见清来说，小晓就是这样的存在。

就像这部电影里的插曲《爱了很久的朋友》唱的那样，"以为我会改变，变得更懂爱情，最后我们变成，爱了很久的朋友"。

电影里见清的爸爸给小晓写过一封信，信里说，不负这个人就行了，不负此生太难了。

是啊，人的出场顺序实在是太重要了，有些爱情真的不是只要努力就可以了。

愿我们都能遇见一个让你觉得不负此生的人，好好在一起，不负彼此，不负相遇。

千万别等他消失在人海，你才学会爱。

36 那是你离开了北京以后的生活

回想起刚毕业时的豪情壮志,如今的你是否会唏嘘不已?
那个曾陪你苦过的女孩,还在你身边吗?
若是还在,请一定要好好珍惜她呀!

01

2015年,我们大学毕业,沉寂了很多年的薛之谦凭借一首《演员》重新杀回了娱乐圈,我们坐在北京的出租车上,跟着司机师傅的音响一起唱着。

彼时我们都还是意气风发踌躇满志的少男少女,还没吃到北漂的苦,我爱你和你爱我也只关乎我们自己的情绪。

我们都是好面子的人,想着毕业了就不能再用家里的钱了,中介问我们想租个什么样的房子,你说你想要个有阳台的。

"押一付三,主卧带阳台,两千五,你们是学生,中介费打八折。"

他的话音刚落,我就意识到你握着我的手出了一手心的汗,我们对视了一眼以后,你改口说:"北方那么干,不用朝阳也不会有潮湿的,那没有阳台的呢?是不是便宜点?"

最后我们用2200元在东四环租了一间不到10平方米的屋子,要与其他三户人家共用一个卫生间和厨房。

屋子实在是太小了，隔音效果也很差，晚上睡觉的时候经常会有一些莫名其妙的声音传来，每当这个时候你都要再往我怀里躲一下，紧紧地抱着我说："等我们赚钱了就好了。"

02

北京最让人讨厌的时间一定是早晨，我们每天早上都要排队用洗手间，来不及吃早饭就要赶着去挤地铁。

你个子不高而且偏瘦，一上了地铁我必须要把你整个人抱在怀里，才能让你不被人群挤走。

我经常加班。你不知道什么时候去的菜市场，拿着你妈给你整理的菜谱，有模有样地给我做了西红柿鸡蛋面。

我坐在床上边吃面还要边回老板的信息，每当这时候你都要咬牙切齿地诅咒我们公司赶紧倒闭。

也不知道你是不是有什么特异功能，在我来北京的第四个月，我老板跟女会计一起拿了公司的钱跑了，被动失业的我在北京凌晨三点的街头学会了抽烟。

现在想来我当初的样子真是狼狈，你给我打了很多个电话我都不敢接，我不敢回家，不敢告诉你这一切。

然而逃避是这个世界上最无用的事情，当我带着满身的烟味打开房门，看到你红着眼眶坐在床头，心里一片懊悔。

03

在那个房子里住满一年后,邻居开始陆续搬走,中介打电话过来问我们是否续租,不过是一年的时间,房租又涨了500块。

因为搬到另一个地方需要再付一次中介费,为了省那2000块钱,我们俩决定继续住下去。

换了一批人共用卫生间和厨房,不见得我们的生活就会变得更好。

这一次失业的换成了你,因为新来的实习生是关系户,她马虎弄丢了一个案子,背锅的人变成了你,你哭着回来抱着我说:"我们回家吧!"

回家,多么好听的两个字,可彼时我的工作刚刚有了起色,我有信心很快我们就可以搬到一个有阳台的房子里去了,但你说你受够了北京,现在就要走。

我的电话和微信都被你送进了黑名单,你像失踪了一样,与我再无任何联系。

你不在了,那个房子变成了我只用来睡觉的地方,大多数的时间我都在公司待着。

也是你走了以后,我才发现原来这10平方米的地方也能这么空旷,以前我睡觉转个身都怕压到你的头发,现在转个身只能面对一堵墙。

04

你离开的第三百六十五天,我升职了,月薪翻了一倍,很多人来对我说恭喜，我却心不在焉地一个人跑到楼下抽烟。

如果这个时候你在，你应该会为我高兴吧，或许你还会为我煮一碗西红柿鸡蛋面庆祝，可是，没有这个如果。

搬家是我最近才有的想法，公司发展得不错，要换到一个新的办公楼，我住的地方太远了，所以想租个近的。

当初租房给我们的中介去年就回老家结婚了，听说我要搬家，给我推荐了他的前同事，问我有什么要求，我说，要个有阳台的吧。他听了以后说："你对你女朋友可真好。"

他不知道，我们早就分开了。

新住处最让我喜欢的地方是阳台，每当阳光晒进来的时候，我心底总有一种说不出来的满足，想了很久，这种满足感到底是什么，终于在我再一次梦到你的时候，有了答案。

梦里你穿着我的衬衫，站在阳台上晾衣服，衣架不够，你转过头来让我从衣柜里再取两只过来。

你的笑容那么真切，我忍不住想要伸手从你的身后抱住你，没想到最后抱到的只是空气。

醒来后我按亮了放在枕边的手机屏幕，2018 年 6 月 15 日 3 点 24 分，距离你离开我已经正好五百天，这不是我第一次梦到你，却是我第一次那么想念你。

05

我也是刚刚知道，那天听到的是薛之谦的新歌，叫《那是你离开了北京的生活》。

你离开北京的五百天，我对你的亏欠只能在梦里弥补了。

是真的对不起,在一起的时候只让你跟着我吃苦,却没能让你享福。我一定让你很失望吧,所以你才会头也不回地就离开。

　　你走的时候什么都没给我留下,只有一个煮面的小锅还在。我看似已经习惯了你离开的生活,却总是用你教我的步骤煮西红柿鸡蛋面,可怎么煮,都煮不出你做的味道。

　　我原本以为我是没有做饭的天赋,现在终于明白了,一碗面而已需要什么天赋,我想要的,不过是你能在我身边而已。

　　我知道你不会再回来了,我也已经慢慢接受了你离开以后的生活,从今以后我会一个人好好过,愿你过得比我好啊。

37 男孩，不哭

男生若是哭了，那肯定是真伤心了，
但人生没有暂停键，多苦多累，你都得咬牙往下过。
加油，老罗。

01

我是罗镇宁，他们都叫我老罗。

最近广东气温终于回暖了，我也终于有时间去我们常去的那家早茶铺吃一次早茶了，到那之后，才得知那对夫妇搬迁了。

我将就着在旁边一家早茶铺吃了，没有那家好吃，量还少。虾饺一样都是12块一份，那家有四个，这家只有三个，要是你在，肯定会假装痛心，然后趁我不注意，把最后一颗虾饺，塞到我碗里。

我拍照发了一条朋友圈，期待你能和我一起吐槽这个无良商家。

意料之中，你没有回复。

我想你今天一定很忙，婚礼有那么多琐事需要操心，你怎么会有时间关心我今天吃了什么。

往下刷的时候我看见了你发的朋友圈。

你穿着火红的嫁衣，坐在床上，新郎蹲在床边，帮你穿鞋子。

我暗自松了一口气，还好是中式婚礼，中式礼服比婚纱厚，北方不像广东这么暖和，1月天，室外都是零下十几摄氏度，你那么怕冷，一定冻得受不了。

照片拍得很好，红色的嫁衣果然比白色的婚纱更配你，你皮肤白，穿红色最好看。你看着镜头笑得很甜，一切都好，婚礼很好，你很好，站在你身边的那个人也不错。

02

我一直记得你说最喜欢我认真工作的样子，我今天工作尤其认真，只是偶尔会走神，点开你的那条朋友圈，翻来覆去多看几遍。

忘了告诉你，我换工作了，每天上班的路上我都要经过"小蛮腰"，总想起我们2014年跨年的时候，傻乎乎地跑到这里倒数，坚信一起从2013年跨到2014年的人，就真的能在一起一生一世。后来还因为人太多，我们没能挤上末班车回家，硬生生在广场上冻了好几个小时。

今天日子好像确实不错，办公室的同事都很开心，谁都没有看出我的异常。

你走之后，假装快乐这件事我变得比谁都擅长。

或许是工作太过投入，甚至忘记了下班时间，一直到十点我才反应过来，准备收拾东西打车回家。

司机大哥是个性情中人，车上一直放着歌，听到歌里唱了一句"人在广东已经漂泊十年，有时也怀念当初一起，经已改变"，我差点哭出来。

今年正好是我来广州的第十年，只是前八年有你，后两年只剩我自己。

03

  我们是2016年1月1日凌晨分的手,你说新年新气象,家里催得急,我们总这么耗着也不是办法,要我父母同意我们俩,比让广州下雪还难。不如分开吧。

  命运有时真的很可笑,你走了没多久,广东真的下雪了。据说是新中国成立以来的第一场雪,朋友圈里所有人都在发下雪的照片,唯独我没有。我知道,哪怕广东真的下雪了,我们也回不去了。

  你离开的这两年,广东变化不算小,现在坐地铁,拿着手机就行,我再也不用担心哪天你出门又忘带公交卡了。

  今年超级杯恒大还成功卫冕,那场球赛我和同事一起看的,我怕一个人在家会想起前几年你熬夜陪我看球的日子。

  时间过得真快,已经两年了,有时身边也会有人问我:"你们好了八年,就因为父母一句话,就分开,不恨吗?"

  我说不恨,正是因为在一起这么长时间,我才比谁都懂,你说出那句"父母在,不远嫁"是下了多大的决心。

  你不是轻而易举就放弃了我们的感情,我们努力过,争取过,即使最后分开了,也不后悔曾经那样用力地爱过。

  只是偶尔也会觉得可惜,十八岁在一起的时候没有送你鲜花,二十八岁也没能娶你回家。

  回到家,我把那首歌单曲循环了很久。听多了,反而记住了最后一句。

  "就算最后一无所有,也无所畏惧。"是啊,就算广东没有你,我也要继续走下去。虽然我偶尔还会想起你,但我想借自己一点勇气,去遇见下一个人,哪怕不是你。

38 你不爱我,我不怪你

俊哥是我的一个哥们儿,女的。能力强,长得又漂亮,按说想脱单是很简单的事,偏偏在我们单身群里常年"屹立不倒",比谁都能扛。

后来我才知道,这个看似很酷的女孩,有一个喜欢了十年的人。

我问她,没想过再试一次吗?

她说,喜欢一个人真的太辛苦了。

是啊,喜欢一个人真的太辛苦了,辛苦到再酷的姑娘,也会因为喝了一点儿酒,就把那些酸楚就着眼泪全盘倒出。

这篇文章,俊哥的那个人应该不会看到,如果看到,想和你说,下一回,别再招惹她了。

来自俊哥的独白:

有时候我也会想,如果我没那么喜欢你,是不是就不用这么辛苦了?

不用在洗澡的时候都带着手机,担心会错过你的任何一条信息。

不用每晚都熬到很晚,只为了等你的一句晚安。

因为太喜欢你了,所以真的好辛苦。

遇见你之前,我也有明亮的笑容,跟朋友聚会聊到好笑的话题时,也会旁若无人地笑出声。

我也会毫无顾忌地大口吃肉，大碗喝酒，走路带风，潇洒自如。

是从什么时候开始，我没有了自己的喜怒哀乐。

你的一条朋友圈动态就可以影响我一整天的心情。

我知道我患得患失的样子很丑，可我真的控制不了自己啊！

你不回我的微信，却在微博上给别人的自拍点赞。

你跟我说周末想待在家里休息，可口袋里无意掉出的两张电影票根，就这样暴露了你对我的欺骗。

我很想问问你，对于你来说，我到底算什么？

可我又真的害怕你回答我说，什么都不算。

明明是你先给了我希望，却一次又一次地让我失望。

这样一句话形容我们之前的关系正好合适，大概是说所有人都以为我们在一起了，只有我清楚地知道我们两个人的距离隔了有多远。

曾经我也想过一了百了，断干净最好。

可每次我要走的时候，该死的你又会回头冲我微笑。

有人问过我到底喜欢你什么，我想了又想，还是觉得很难回答。

如果我知道我为什么喜欢你，那就可以想办法不喜欢你了。

爱情这东西，一厢情愿就得愿赌服输，可事实上只有经历过的人才知道。

只要参加了这场赌博，就没有人想过要认输。

我唯一的筹码就取决于你对我的态度，只要你没有拿走，我就希冀着还有翻盘的可能。

所有的白天与黑夜都和你有关，白天可以见你，晚上可以在梦里见你。

只要一想到这，本来觉得辛苦的我，瞬间又充满力气。

对于我们两个人的关系，我想象了无数次的结果与可能。

如果你爱我，那我就把全部的爱都给你。

如果你不爱我，那我就加倍努力地爱你。

我不在乎过程有多么辛苦，只要结果是好的，那我就甘之如饴。

以前我会觉得或许有一天你会看到我对你的好，但是渐渐也明白了，哪怕你真的看到了，我们也不会有在一起的可能。

爱情讲究的是时机，第一眼没看上的人，未来又哪来的自信让你对我另眼相看。

感动不是爱情，所以你不爱我，我真的不怪你。

要怪就怪我突然动心，不留余地，要怪就怪那晚月色太美，你太温柔。

希望下辈子，你不要再长成我喜欢的样子，这样，我就不用像现在这么辛苦了。

39 别人的故事里有我们的结局

不是所有的分手都是因为不爱了，也许只是因为不适合。

并不是所有的相遇都会有结果，错过也是一种结果。

希望读完下面这个故事的你，像那个女孩一样，大哭一场，然后，就擦干眼泪吧。

01

你试过，从天黑等到天亮的滋味吗？

我试过。

无数次睡着又醒来，无数次睁着眼睛从天黑到天亮，无数次梦到你叼着一根烟坐在床边问我的那个晚上。

看着你因为创业失败熬出的黑眼圈，还有一个星期没刮胡子的颓废面容，我既心疼又生气。

你问我要不要跟你去广州？我最后还是拒绝了。

如果，我是说如果还能再来一次，我一定不会那样回答，如果我知道说出口，我们就要错过对方，我一定不会那样。

我昨天还去看了一部电影，叫《比悲伤更悲伤的故事》。因为前两天在朋友圈看到有人说，有一部电影悲伤的人都该看。

电影我是一个人去看的,很抱歉,你离开我的第一百八十六天,我还是没有找到一个比你对我更好的人。

你给我介绍的那个人我去见了,没你好。

他太体贴,我任性生气他就哄我,不像你会讲一堆大道理。他总问我他穿什么好看,不像你,穿什么我都觉得好看。

所以你看啊,找一个比你好的人,真的没那么简单。

啊对,电影情节很烂俗,男主角得了重病,假装大方,用生命中最后的时光,帮女主角找一个可以托付终身的人。可笑的是,这么烂俗的情节,我却在角落从开场哭到了结尾。

02

这是我们分开的第一百八十六天,我还是像之前的一百八十五天一样想要知道,你今天过得怎样?遇到了什么样的人?发生了什么样的事情?有没有在另一个电影院和我看着同一部电影?

我记得,上次看电影,我们还在一起,看的《后来的我们》午夜场,别人都说这部电影拍得很烂,我却在电影院里大哭不已。

走出电影院,我都没有走出那种悲伤的情绪,你问我,怎么了,哭什么,只是电影。

我哭得更凶,你只是默默地抱住了我。我想你也懂我泣不成声的原因,是因为我在别人的故事里,看到了我们的结尾。

我心中早就明白,这座小城市装不下你心中大大的梦想。而我的拉扯也只能让你片刻停留。

他们,没能走到最后,我们,也一样。

03

真遗憾，原来最难过的不是爱而不得，而是你突然明白，不管你有多爱他，不管你多用力地想要让这段关系继续，都有一个声音在告诉你，你和这个人，真的没有以后了。

是啊，我们，没有以后了。

你说，我值得更好的。

我从来都知道，你喜欢我笑的样子，喜欢我闹的样子，甚至喜欢我发脾气对你大吼的样子，但你不喜欢我为你吃苦的样子。

不管我说多少次没关系，不管我说多少次我愿意，你都不想，因为在你那里，我值得最好的对待，哪怕给我幸福的那个人不是你。

有些人真奇怪，不爱你还不放过你，有些人更奇怪，爱你还放开你。

04

如果有来生，你想变成什么？

电影里 k 说如果有下辈子的话，他想当戒指、眼镜、床或者笔记本，因为这些都可以在她身边。

但是，我如果还有下辈子，我还想当个人，重新认识你，重新爱上你，重新和你在一起，陪你喜，陪你忧，陪你心酸难堪，陪你跌倒后继续勇敢，坚定不移地告诉你，就算全世界都不看好我们，我们还有对方。

可遗憾的是，林佳错过了孟云，小晓错过了见清，cream 错过了 k，我也错过了你。

怪我没用,没有在你迟疑的时候,告诉你其实我也可以很勇敢,其实为了你,我什么都可以试试看,而不是我们明明相爱,却只能错过对方。

怪我没用,就连悲伤,都只能在电影院里,借着别人的故事,哭一场。

40 我想你，但是我们回不去了

对一个人的失望是慢慢累积的，如果你对他的分数减到了零，甚至减到了负数，那么最后也只能是以分手告终。

若还有机会，别让爱你的人失望，很多错过，都是可以挽回的。

前几天一个人去看了一场电影，电影刚刚过半，坐在我右手边的女孩已经哭掉了闺蜜整整一包纸巾，我突然有点坐立难安。

这时候电影正好演到女主角对男主角说"I miss you"。

男主角听后回复说："我也想你。"

然而女主角接下来却说了一句："我错过你了。"

我想你，但是我错过你了。

看到这里，我忍不住倒吸一口凉气，脑海里瞬间被你的样子填满。

如果没有算错的话，今天应该是我们分手的第七百六十四天，你离开的那天我坐在卫生间里抽了好久的烟。

因为没有开排气扇，没过多久，整个房间就烟雾缭绕，换作是以前，你一定会走进来边骂我边从我的手里夺过烟灭掉，但是那天你没有。

你收拾行李只花了不到一个小时的时间，而我这个胆小鬼就这样躲在卫生间里不敢吱声。

后来还是你主动过来敲门说钥匙放在玄关处，锅里还温着红豆薏仁粥让我记得喝。

　　你还说让我以后少抽点烟，别忘了给家里打电话，然后你就这样走了，再也没有回头。

　　听到关门声以后，我掐灭了烟从卫生间里走出来去到厨房。我把那锅粥喝得干干净净，最后撑到胃痛，翻箱倒柜地找健胃消食片却什么都没找到。

　　没有了你的生活，一切都乱了套。

　　我假装自己没关系，继续上班下班，只有在夜晚，思念不听话，自己跑出来，梦里是你，醒来后面对周遭空荡荡的一切，心里就像是被人硬生生地挖走了一块，难受得要命。

　　好多次我都想给你打一通电话，跟你说，回来吧，我想你。

　　可是我真的害怕，害怕你会拒绝我，害怕你已经拉黑了我的号码，害怕电话是别人接的，害怕我会打扰到你后来更好的生活。

　　毕竟我们从相爱到分开，一直都是我在辜负你。

　　以前我一直说，跟你谈恋爱就像是找了另外一个妈。

　　你总是会在我耳边唠叨说内裤和袜子不要放在一起洗，吃完饭要立马把碗洗掉不然会招苍蝇，吃完烧烤后要记得吃一个梨清肺，还有跟爸妈打电话的时候一定要有点耐心，因为他们把我养这么大不容易。

　　我们在一起三年，你从来没有主动找我要过什么，只有那么一次，你问我说打算什么时候娶你。

　　我几乎想都没想就回复你，婚姻是爱情的坟墓。

　　那时候我说话完全是口无遮拦，说了这样一句混蛋话还浑然不觉，依旧享受着你对我的宽容与爱。

　　晚上睡觉的时候，你没有像往常一样抱着我，而是背对着我，无论我说什么你都保持着沉默。

我觉得你是无理取闹,所以你在提分手的时候,我只说了一句"好"。

那时候我觉得你在耍小性子,后来我才渐渐明白,你对我是真的失望到了极点。

你不是一定要结婚,你只是想在我这里要一场安稳的恋爱而已,可惜我连这些都没做到。

你用三年教会了我如何做一个男人,我却用自己的孩子气把你从我身边赶走。

我是个只配错过你的混蛋,我活该。

不知道在这七百六十四天里你过得好不好。你走的时候忘带走的半瓶香水已经慢慢挥发完了,我又买了一瓶,想你的时候我会喷一点,这样会让我觉得你还在我的身边。

我现在已经不抽烟了,也学会了煮红豆薏仁粥,烧烤虽然偶尔会吃,但是吃完后我一定会吃颗梨,跟爸妈一个星期通一次电话,他们偶尔还会提起你,骂我不懂珍惜,我觉得他们骂得对。

七百六十四天,有句话我想跟你说很久了,I miss you,我想你,但是我错过你了。

41 我还爱你，但是我不会再喜欢你了

感情里没有什么公平，但总有界限。我可以接受你没有那么喜欢我，但是，你不能仗着我喜欢你，就挥霍我的感情。

如果对方只是舍不得你对他的好，却不想给予对等的付出，那我劝你别再犯傻了，姑娘。

我一直都觉得所有的喜欢里，暗恋最酸，后来才知道，暗恋还有一个终极版：明知道你不喜欢我，我还是想瞒着所有人偷偷爱你。

曾经一直以为在爱情里最让人失望的结果是我喜欢你，但你不喜欢我。后来突然发现，其实比起这种喜欢但从来都得不到任何回应的状态，更让我感到失望的是，我十分喜欢你，而你只是有点喜欢我。

你只是有点喜欢我，所以你从来不会对我百分之百地拒绝，你接受我对你的所有好，偶尔也会回应我一点点的甜。

就是因为这"一点点"，你成了我特别喜欢却不能在一起的人，进一步没资格，退一步舍不得。

是啊，你的确会在某些暧昧的节日里准时准点地祝我节日快乐，但是却从来不会陪我一起享受这种所谓的快乐。

你的确会把温柔和微笑留给我，但是却从来不会只给我一个人。

第一次看《一天》的时候，觉得女主艾玛为了一个只愿意跟她做朋友的男人付出自己的所有青春和生命，真的是太不值得了。

还曾咬牙切齿地发誓一定不会像她这样，在爱情里那么被动地喜欢一个人。

他说需要你，你就会立刻出现在他的身边，等他说不需要了，你才发现他的身边根本没有你的位置。

可是爱情这东西就是这样啊，或许躲得过嘴上的百般否认，却躲不过内心的情不自禁。

我也想过不要再跟你做朋友了，就此放手吧，可是为什么每次在我即将要下定决心离开的时候，你又会回头笑得那么好看，这一笑，我就又忘了自己本来是要走的。

我讨厌在你面前总是百般迁就的自己，可是又忍不住总是要去成为这样的人。

你说你感冒了想吃点清淡的，我就从网上下载菜谱，手忙脚乱地给你煲汤熬粥。

你说一个人玩游戏很无聊，从来不玩游戏的我，开始认真地研究起了你常提起的几款手游。

你说你有女朋友了，我还要强颜欢笑地调侃让你请客吃饭。

我原来是多么骄傲的一个人啊！在你面前却卑微得让我自己都觉得可怜。

也有人说过你不好，最开始的时候我还会据理力争，说这一切都是我的一厢情愿，一厢情愿就得愿赌服输，所以我一点儿都不怪你。

但是渐渐地我开始明白，感情不过就是一个人给，一个人收。痴情和无情都没有错，错的只是你不够喜欢我。

算起来我们其实都是很固执的人，我不甘放弃你，你也不甘放弃我。只是同样的不甘心,我对你是特别想拥有,而你对我只是舍不得。

所以我们只能这样互相拉扯,却无法再进一步。

《一天》里面,女主角曾对男主角说过这样一句话:"我还爱你,但是不会再喜欢你了。"

我想总有一天,我也会特别坦然地对你说出这句话吧。

我会慢慢放下对你的偏执和喜欢,忘记你对我的犹豫和退缩。开始为我自己,活得熠熠生辉、闪闪发光。

42 一个暗恋者的孤单心事

有没有那么一个人，光临你的世界才短短几天，就已经攻城略地，让你发了疯似的想念。

当你喜欢上一个人的时候，你就会无时无刻不想和他产生一点关联，尤其是晚上，夜深人静，停止了其他的社交活动时，想念就会自己跑出来。

今天和你分享的是一个暗恋者的孤单心事。

我也没想过，我会遇见这样一个你，我用尽了一切可能的办法，试图在微博、朋友圈或者其他的社交平台中，搜集一切有关于你的信息。我翻遍了你微博的所有评论，记得你微博里的每一个字，甚至每一个标点符号。我清楚地知道你关注了谁，取消关注了谁，我为偶然发现与你有关的蛛丝马迹而欢呼雀跃。因为欣赏你，因为喜欢你，所以想要了解你的一切，哪怕只是你不易察觉的小情绪，我也想要小心翼翼地守着，不想让别人发现。

可渐渐，我开始揣度你的想法，你仅有的几行字里总是蕴含着我以为的某种深意，你也许只是手滑不小心赞了别人的某条微博，我就彻彻底底把那人的微博翻了个遍，深怕你和别人有某种我不喜欢的联系。

我开始变得暴躁，变得无理取闹，变得哪怕是关于你一丁点儿不好的字眼也觉得不可忍受。我开始郁郁寡欢，闷闷不乐。

可我还是不敢大张旗鼓地向全世界宣告我喜欢你，我也不想向旁人诉说我为你努力做的那些事，我不想有人因为同情我而埋怨你，因为你没有错，只是不爱我罢了。我不想我的喜欢变成你的负担，不想你因为我单方面的感情输出，背负一些莫须有的骂名。虽然我还没学会克制对你的喜欢，但我知道，喜欢也不能一味放肆。

我知道这城市风很大，孤独的人总是晚回家，我知道晚上的你更容易卸下防备，可我不想你因为我感到疲惫，也不想我们的开始是寂寞的互相安慰。

我要的是完完整整的你，一个白天会陪我谈心，夜晚能陪我安睡的你。

我是喜欢你，但我不会在晚上去打搅你。

我喜欢你，你能幸福是我最大的心愿，如果能给你幸福的那个人是我，就更好了。

我喜欢你，也期待你喜欢上我的那天，可在那之前，不打扰是我的温柔。

我喜欢你，若能两情相悦，自是完满结局。如若不能，一别两宽，我也能寂静欢喜。

PART 6

承蒙厚爱,后会无期

后来我也曾偷偷地想过你。
后来我们都默契地选择不再联系。
爱过终有痕迹,你也终究会到达一个没有我的目的地。

43 别问我们爱过吗？

同一件事情，性别不同，男女生会有完全不一样的看法。

很多时候我们总是听到女生说："他什么都不说，我怎么知道他爱我。"

也听到不少男生无奈地说："她说不要，我怎么知道她心里其实想要什么。"

因为不说，因为看不到对方内心真实的想法，我们错过了很多，也许这其中，就有我们最爱的那一个。

如果我们都有读心术，一切会不会变得不一样？

如果读心术变成现实，分手之后男女生的内心活动会有什么不同，我想，大概是这样的——

分手后的第一天

女：今天下午在家里收拾东西，从床底翻出了他前段时间找了很久都没找到的背心。

本想把它丢到垃圾桶里面的，想了想还是去卫生间接了盆水。

准备洗的时候手机响了，妈妈打电话来问我中午吃了什么，我回答不出来。

从他昨天晚上离开以后，我就什么都不想吃了，老觉得喉咙有东西梗着，连喝水都忍不住要犯恶心。

昨天晚上下了场大雨，电闪雷鸣，我把头蒙在被子里紧张得大气都不敢出。

我想给他打电话，想跟他说我们不分手了好不好，我真的不能没有他。

后来是怎么睡着的，我也不知道。

半夜醒来，雨已经停了，我好想他。

男：我终于自由了。

我向来主张任何一段关系，该断则断，既然大家都觉得累了，那就没有继续的必要，她说分手，那我就走。

我的东西不多，一个行李箱就收完了，哥们儿来接我，说为了庆祝我恢复单身，晚上为我准备了活动。

其实就是露天烧烤，烤到一半突然下雨了，一帮人骂骂咧咧地说还没尽兴，打算重新找个地方接着喝。无奈雨势太大，只能各回各家，各找各妈。

我暂住在朋友家的客厅，他家乱七八糟的，我竟然在沙发缝里扒出一个空的啤酒瓶。

虽然沙发比较窄，睡得我全身疼，但一夜好眠后精神饱满。

我的新生活，就要开始了！

分手一周后

女：闺蜜来家里看我，见到我后吓了一跳，非要让我去洗手间照照镜子。

头发凌乱，眼睛红肿，黑眼圈重得吓人，两颊凹陷，颧骨突出，这是我吗？

她说我没出息，我没忍住又哭了出来。

一个星期了，我们分手一个星期了，他的朋友圈每天都在更新，可就是从来没有找过我。

明明我们在一起的时候他对我那么好，为什么说不爱就不爱了。

我不能理解，也不能接受。

没错，分手是我提的，可我不是真的想要分手啊！

这一周我没睡过一个好觉，只要闭上眼睛，脑海里就全是他的样子。

家里灯泡坏了一次，我打电话给房东让他过来修，房东一脸的不情愿，问我男朋友去哪了。

他不说还好，一说，我又想哭了。

男：这是我这几年来，过得最开心的一周。

再也没有人管我每天睡到几点醒，晚上几点回家，想喝酒就喝，想吃什么就吃。

这才是我想要的生活啊！

不说了，晚上还有个局，我得准备出门了。

分手十五天后

女：我今天看到他了。

在我们以前常去的一家潮汕火锅店门口，我在马路对面等红灯，一眼就看到他拿着一根烟，在跟身边的人说话。

他看起来过得不错,虽然晒黑了不少,但显得很精神。

他爱吃火锅,但是胃不好,所以我们经常来吃潮汕火锅,清淡。

我以为他永远都不会再来这里了,真没想到还会再见到他。

红灯过了以后,他好像往我这边看了一眼,我赶紧转身走开,我也不知道为什么,我很怕他看到我。

看到他过得很好,我就放心了。

或许,我也该放下了吧。

男:朋友说想吃火锅,我的第一反应就是我知道有一家好吃的潮汕牛肉锅。

他们说那玩意儿一点都不辣要怎么吃,我还是坚持要带他们去。

等位的时候,我刚点上一根烟,就看到马路对面有个熟悉的身影在等红灯。

我还没反应过来,她就不见了。

一顿饭吃的我心不在焉,她这是在故意躲我吗?说分手时那股子歇斯底里呢?

这个笨蛋。

分手一个月后

女:我打算换个地方住了,正好闺蜜的室友搬走,空出来一个房间,就这两天,我就搬过去。

房东听说我要退租,这次倒没有为难我,大概是知道我失恋了,所以对我的态度好了不少。

闺蜜带了一个高高大大的男生过来帮我搬家,是一个蛮不错的男生，忙里忙外一天，衣服湿透了好几次，可一点儿怨言都没有。

晚上我请他们吃饭，就当庆祝乔迁了，我说想喝酒，他在一旁说："还是喝点儿果汁吧，这么晚了，你们两个女生喝多了，在家里不安全。"

闺蜜冲我使眼色，我懂她的意思，可我现在真的没有力气再去重新喜欢上一个人了，好累。

上周遇见他以后，我就把他的微信删了，说好的要放下，那就要彻底放下。

最近我已经很少会想他了，谁说时间是个坏东西，我觉得挺好的。

加油吧，早点儿开始新的生活。

男：不知道是不是最近饮食不规律，我竟然得了急性肠胃炎。

连续拉了三天的肚子，整个人都要虚脱了。在医院打点滴的时候竟然碰到了之前的房东，他倒是主动来跟我打招呼，问我怎么了。

他还说她退租了，是一个很帅的男生来帮她搬的家。

什么鬼，她这么快就有别人了？

一时间我有些烦躁，肚子也疼得厉害，哥们儿来给我送饭，白粥加咸菜，真难吃。

如果她在就好了，我记得她做的凉拌海带丝配白粥很好吃，呸呸呸，我想什么呢！

不过，她是什么时候把我删掉的？我怎么完全不知道！

分手两个月后

女：这一个月我胖了5斤，天哪，太可怕了。

闺蜜几乎天天带着那个男生回家吃饭，不对，是给我们做饭。

他做饭实在是太好吃了，搞得我都不好意思再进厨房。

他说我太瘦了，每次给我装饭的时候都用最大的碗，搞得我把胃都吃大了，然后就这样一不小心胖了5斤……

吃完饭以后，我们会一起去楼下的小花园里溜达消食，闺蜜经常找理由走开，就剩下我跟他两个人。

夏天到了，蚊子太多，我是O型血，昨天晚上出门的时候被叮了一腿的包，气得我喊着要回家。

他说我怎么跟个小孩子似的，然后像变戏法一样从口袋里摸出一瓶风油精，就这样在我面前蹲了下来，帮我涂。

我，好像要恋爱了。

男：玩不动了，累。

连续一个月做什么都打不起精神，在家里做起了和尚，天天喝粥吃草，快吐了。

推了好几个局，觉得无聊，还不如在家里看电视。

给Ipad充上电才想起来密码是她的生日，下个月就是她的生日，去年这个时候我答应她要在今年她生日的时候陪她去西藏。

不知道她还想不想去。

烦，我好像，想她了。

分手一百天后

女：零点刚过，我接到一通电话，是我熟悉的号码，但已经不是我熟悉的他。

我没想到他会给我打电话，也没想到他还记得我的生日。

我们在电话里沉默了很久，最后我说困了，先睡了，他应了声好，我便挂了电话。

挂完电话后闺蜜来敲门，说家里来人了，我心里一阵忐忑，那个两个小时之前还在给我们做饭的男人，这会儿正捧着一束花，一脸温柔地看着我。

一百天，我的新生活终于开始了。

这一次，我会幸福的吧！

男：我好想她。

想她早上给我温的牛奶，想她总是嫌弃我在家里不穿拖鞋，想她在睡着以后不自觉地要往我的怀里靠。

她生日那天，我给她打了通电话，我做好了她不接电话的准备，却没想到她竟然说困了，想睡觉。

我这通电话，终究是打得太晚了。

对不起。

很多感情最后都败给了他不懂。

他不懂你的假装冷静，甚至可能把你的发脾气当成闹着玩的游戏。

可惜的是，我们都不是狼人杀里的预言家，也不会读心术，看不透对方内心真实的想法。

在感情面前,在现实面前,我们不过是有七情六欲的凡人一个,只是希望你在遇见那个喜欢的人的时候,能比往常坚定一点,再坚定一点。

别问我们爱过吗?

至少在当下的那一分,那一秒,我坚定地相信,爱过,现在依然还爱着。

44 旅行的意义

旅行时,你是做好精细攻略的计划派,还是随遇而安的享乐派?

我曾经在一次旅行时迷路了,在寻找回酒店的路时,意外看见了非常美妙的景色。

我想,旅行的意义就是去发现不同的景色与人生吧,即使是一个人也别有一番滋味。

我是北北,我喜欢旅行,但是没有你,也就没有了旅行的意义。

上一次旅行是厦门,去年夏天,那时我们还在一起。那时的我满心欢喜,早在半年前就开始筹划一切,订票,订酒店,设计路线,通通都是我在决定。我也有问过你的意见,你总是说都可以,那时的我以为你是真的很爱我,所以才会什么事情都依我。我在网络上搜出了所有的经验贴,看了很多很多旅游攻略,把我们原本就只有三五天的行程安排得满满当当,去看你喜欢的海,去吃你喜欢的小吃,所有的一切围绕的中心都是你。

其实回想起来我已经记不清当时到过哪些地方看过什么风景,那时我的眼里只有你,去旅行也不过是想找个机会,和你单独在一起。

我们的下一个目的地是杭州,你说你想再去上次的青年旅舍。原定的时间是国庆假期,票也已经订好,只是还没等到国庆假期,我们就已经分手了,我们的爱情,终究还是输给了时间,败给了距离。

我最终还是选择赴这场本该两个人的约,没了你,也没了提前准备的兴致,除了提前定好的青年旅舍,我对这趟旅程一无所知。胡乱收拾了几件衣服,坐了一夜的火车,摇摇晃晃一整晚,迷迷糊糊下了火车就宣告旅行开始。

没有刻意地规划路线,没有去追寻我们曾经去过的足迹。我四处游荡,漫无目的。我以为我会沉迷于和你的过去,郁郁寡欢、闷闷不乐地完成这场没你的旅行,却偶然间发现一个人的时候,我也可以为那些不期而遇的小奇遇而分外欣喜。

我一觉睡到自然醒,然后去吃旅店旁的蟹黄汤包,再配上一碗热气腾腾的鱼丸粉丝,一个人独享一份美食,一个人记录生活的点滴,原来我也可以一个人过得很惬意,只是没有你。

我沿着不知名的小路去未名的山间,在爬满藤蔓的旧墙前,留下和当地人家养的呆萌大金毛的合影,然后互相追逐着往山下奔去,毫无顾虑地大笑。

我因为一场意外的秋雨而措手不及,想起那时我们一起躲过雨的屋檐,想起你为我撑的伞,想起你那时为我支撑起的一片天地,天青色等来了烟雨,而我再也等不到你和我一起,我看到夜雨后残花凋零一地的美丽,就像我和你,走到了尽头,只留下结局残缺的回忆。

唯一去的我们到过的地方就是苏堤,还是在吃过晚饭摸着肚子,想要走走路消消食的傍晚。我再无须踩着时间点赶往下一个目的地,不用满心欢喜地向你介绍这个景点的过去,它的意义,只是一个人随意地沿着湖堤漫步,然后偶然闻见了岸边桂花袭来的阵阵花香,那些怀念你的小情绪好像也都消散在那阵芬芳里,心情也莫名变得美丽。

我听得见，窗外清晨叫醒我的鸟鸣，我感受得到，空气里的宁静。然后不由得放慢了脚步，开始整理我的心情。然后停下来，想一想，我是不是可以就这样放下你。然后发现，好像也没什么不可以。

一个人的时候我可以远离城市的喧嚣；我可以放下满身的疲惫；我可以搁置周遭的无奈；我可以做我想做的一切而不是为你。我想我真的可以放下你，或者放在心里最角落的位置，不再把你提及。我想，一个人我也能找到旅行的意义。

当你沉迷过去，不能自已的时候，去旅行吧，一个人也可以。

背上行囊，远离熟悉的一切。去往未知的远方，无须既定的方向。

去大连，走蜿蜒的海岸线，吹咸咸的海风。

去拉萨，看碧波映照蓝天，享倾城的日光。

去丽江，品回味无穷的酒，听不眠的歌谣。

去周庄，看一抹江南青色，等一场杏花微雨。

一个人的时候，去旅行吧，没有他，你也能踏遍世间美丽。

一个人的时候，去旅行吧，其实一个人也没什么不可以。

45 分手的第一天有多难熬？

分手后，什么时间最难熬？

对女生而言，答案一定是第一天。

对男生而言，可能稍微晚一点，可以说是他反应过来你们真的分手了的第一天。

今天和你分享的是女生分手后第一天的独白，分手不可怕，可怕的是那个人走了，你还在原地使劲回忆，像个傻瓜。

早晨八点，闹钟准时响起，我摸过手机，按掉闹钟。

迷迷糊糊地睁开眼，看到消息栏里没有提醒，你今天忘记给我发早安了。

点开微信准备朝你发脾气，才想起来，我的好友列表里已经没有你了。

我们分手了，这是我没有你的第一天。

我躺在床上，盯着天花板看了很久，眼睛有些胀痛，但我已经哭不出来了。我昨天抱着手机哭了一整夜，看我们的聊天记录截屏哭，看你发的那一条"我们终于在一起"的微博哭，我看什么都会想到你，看到什么都想哭。

你说过的，不管怎么样，只要我不哭，你做什么都可以。但是昨天我哭着求你能不能别分手，能不能再坚持一下，能不能陪我熬过这段时间的时候，你什么都没说。

你说你累了,你不想再等了,你问我为什么明明两个人都在北京,却连见一面都变成了奢望。

你说,你感觉不到自己在谈恋爱。我总是很忙,你觉得我的世界里,比你重要的事情太多了,多到你觉得,哪怕没有你,我也可以过得很好。

我们分手了,以后我哭得再凶也没有人哄了。

8点25分,我挣扎着起来了。习惯性打开冰箱,想给自己做份早餐,却发现冰箱空了。

你昨天,忘记提醒我买吐司了。

我睡眠不好,每晚睡前你都要提醒我喝一杯热牛奶。昨天吵架的时候,你好像也忘记了。挂电话的时候,你甚至连晚安都忘记说了。

我们分手了,以后睡再晚,也等不到你的晚安了。

9点11分,我终于收拾好出门,什么都和以前一样,只是眼睛有点肿,黑眼圈比往常更重。

走到楼下的时候,我特意加快了脚步。我以为你会像上次我们吵架一样,跑到我家楼下等我,抱住我,告诉我没事的,想见一定能见的。但是你没有,一直到我走到公司,我都没有看到你。

前天你才说,你找到一直想看的恐怖片的资源了,你说我第一次看恐怖片一定要和你一起看,我一定会主动扑到你怀里,然后你就可以理所当然地把害怕到不敢一个人睡的我拐回家。

上周我们还在计划周末要去哪儿玩,我以为,这一次的七夕,我终于可以不用一个人过了。

可是我们分手了,这个七夕我还是要一个人度过了。

哦,对了,今天下班还是很晚,回家那条路的路灯还是没有修好,为了给自己壮胆,我故意把耳机里的音乐声开到了最大。

我走得比往常更快,平时十分钟的路,我一路小跑,五分钟就到了家。

　　掏出手机想要给你报平安的时候想起已经没有必要了。

　　啊,还有,我没告诉你,你喜欢很久的那副耳机,我找到了,我想在七夕送给你,但好像已经没有资格了。

　　虽然我不愿意承认,但我们已经分手了。

　　日子还是和往常一样,只是我已经没有你了。

46 那不过是我一个人的天长地久

成年人的世界谎言尤其多,感情里自欺欺人的更不在少数。

小耳朵就是一个在爱里反反复复、自我折磨的女生,而且一折磨就是十年。

如果你也和她一样,希望你读完她的故事后能清醒一些——你永远等不到一个不爱你的人,就像北极熊等不到企鹅一样。

昨天小漠给我发了一个段子,写的是:

"你还想他吗?"

"不想了。"

"可我还没说他是谁。"

她笑我,说我就是这种死鸭子嘴硬的人。

我说这套路在我身上压根儿玩不起来。因为这么多年,我就喜欢过那么一个人,哪还用别人说他是谁。

我喜欢你,人尽皆知。前几年大家隔一段时间就会问我,你还喜欢那谁谁谁吗?我这人死要面子,谁问我我都说早就不喜欢了,但人家也不瞎,知道我没说实话。

毕竟喜欢要是能藏得住,就不叫喜欢了。

我记得以前我俩老吵架,一吵架我就叫嚣着我不会再喜欢你了,每次你都笑笑,让我别开这种玩笑。

但这一次,距离我和你认识十年还差三个月的时候,我知道,我俩彻底结束了。

原因很简单，和许多单恋一样，我一个人的天长地久，怎么也抵不过一句你有女朋友了。

以刚毕业、没经济能力，还不想那么早谈恋爱为由拒绝我的你，在毕业一年后谈了你人生中的第一个女朋友。

你依旧没有攒够养另一个人的钱，但你已经选择了另一个人陪你走这一生。

你有女朋友这件事，我是从你的朋友圈看到的。全世界都知道你恋爱了，包括我。全世界都知道我该死心了，我也不例外。

我以为我足够了解你，你不喜欢张扬，一年到头也发不了几条朋友圈。

现在看来，以前不发，只是没遇到那个想让你发朋友圈的人罢了。

我没评论你那条朋友圈，不知道该说什么，祝你幸福，我做不到。

我删除了你的微信，微博取消关注，删除手机联系人。打开QQ的时候发现早在好几年前和你吵架的时候就把你拉黑了。

这一次，我没给自己留任何找回你的余地。

真正的告别从来都不需要刻意的通知，我喜欢你，本来就是我一个人的事。

我们认识了十年，我用了一年的时间喜欢上你，用剩下的九年去验证出一个真理——

你无论多努力，都等不来一个不爱你的人。

我关了灯，坐在电脑前，除了码字，我不知道现在还能做点什么。我想哭，但我哭不出来。

以前我想着你写日记写得停不下来，现在想起你，除了名字，什么也写不出来。

哦对，我现在打字可快了，再不像以前那样笨拙地用一根手指戳戳戳，被你吐槽说我只会"一指禅"，就这手速，都没人敢带我"开黑"，所以你去网吧，从来不带我。

那时候朋友都说我蠢，说你明摆着不喜欢我，我怎么还这么傻乎乎地黏着你。

我没解释过。

喜欢一个人，可以坚持一个月，一年，但我坚持不了十年。

要不是你偶尔也会回应我的喜欢，我怎么都不会把这段别人眼里看来暧昧不明的感情拖到现在。

要不是喜欢你，我这么骄傲的一个人，怎么舍得委屈自己。

空间、朋友圈、微博、短信，我花了一个晚上的时间，删掉了关于你的一切，扔掉了我还没送出的生日礼物。

我打了个电话给小漠，要她到我家来看看我，路过楼下的小卖铺顺道给我带上几瓶酒。

我以前挺喜欢喝酒的，但你说女孩子在外面不要喝酒，我就再没喝过。

我以前喝再多也没醉过，但我现在，只喝了一口，就觉得头晕得不得了。

我瘫倒在沙发上，小漠怕我着凉，把我硬拽到床上躺下。我听到她骂我，骂我能不能有点儿骨气，不是说不喜欢了吗？那人家谈个恋爱，我这整的哪一出。

我没回答，天花板的灯太亮了，刺得我眼睛生疼。躺着的姿势太不舒服了，地心引力太大，把我的眼泪全吸出来了。

这十年，我第一次觉得，一个人太累了。

这十年，身边的人恋爱的恋爱，结婚的结婚，速度快的孩子都会打酱油了，就我还一直单身。别人问我为啥单身，我总说没遇上合适的。

我总和别人说我心里没人，可心里没人，谁愿意单身这么多年。

小漠明天要上班，看我也没啥事便要走了，知道我睡觉不能有光，走之前顺手帮我把灯关上了。

屋子里一片漆黑，窗外透过来一道光，我看着那道光发呆。

我想，这一次，我是真的一个人了，身边没人，心里也没有。

窗外透进来的那道光突然熄灭了，我想，这一次我终于可以睡了。

47 你们还在一起吗?

你有很喜欢的人吗?

有。

你们还在一起吗?

不了。

很可惜,但不后悔,我们都曾很认真地爱过……

我梦见你回来了,我们没有分手,早上起来的时候,你还是会给我煮一杯不加糖的黑咖啡,我还是会嫌弃,你煎的面包片没有我煎的好吃。

电脑前的仙人球没有死,你还是定期给它浇水,不像我,总是忘记。

什么都没有变,你还是会在我洗完澡后,嫌弃我没擦干就进屋弄脏了地板。会在我敷蒸汽眼罩不小心睡着的时候帮我看好时间,一切都和以前一样,好像你从来没有离开过一样。

醒来的时候是深夜1点22分,我下意识去够床头的那杯水,水凉了,喝下去的时候,胃里有点难受。你知道我胃不好,又有起夜的习惯,所以你总会把我晚上要喝的水装进保温杯。

时间过得真快啊,不知不觉,你离开已经一年了。你去了伦敦,我留在了北京。

一直到现在,我都对我们第一次见面时的场景记忆犹新。那是 2013 年，早高峰的地铁上，你被人潮挤得双脚悬空，我示意你拽着我的背包带子，你才有了支撑和依靠。

所以我现在每次乘地铁经过安河桥北的时候，都会对着门口张望好久，一直到关门的滴滴声响起，我才死心。我总想着下一秒，你会不会像我们第一次见面时那样突然出现，紧紧抓住我。

一次又一次，你没有出现。我就在想，那天你走的时候，是不是也在机场张望了好久，你是不是也在等我挽留。

对不起，你来的时候我没有做好准备迎接你，就连你走的时候，我也没能去送你。

我想去机场送你的，但是我怕，我怕我真的看见你的时候，会哭着求你别走。我一直都知道，只要我开口，你就不会走。

但我不想了，我不怕你会爱上别人，不怕你会忘记我，但我怕，和我在一起会绊住你前进的脚步。

如果没有我，你可以变得更好，那我愿意默默离开你的世界。

我是不够坚强，没有你在身边照顾，我的生活肯定又会变得乱糟糟。我是很想你陪着我，哪儿也不要去，但你为我放弃了那么多，这一次，我不想再让你为难了。

其实我们都一样，我们清楚地知道，不管过去、现在还是未来，我们都是彼此无法割舍的一部分。我们都很好，只是时间不凑巧。

不巧你有你的碧海蓝天，而我不想成为你的绊脚石。不巧我还不够勇敢，能为你背井离乡，放弃一切，去一个我完全陌生的地方。

那天你说，我不用刻意等你，如果有比你更好的人，就在一起，你不会怪我。

我说，你也不用觉得有负担，如果那边有人能够照顾你，就接受他，我不会恨你。

也许是你对我太好了，好到身边的朋友都觉得我不该放弃。他们问我后悔吗？这么轻易地就把一个这么好的你放走了，这一次分开，我们也许就再无可能了。

我说不后悔，怎么会后悔，我被一个这么好的人认真且温柔地对待过，往后不管遇到什么，我都有勇气带着这份爱好好过。

我一点儿都不后悔，不后悔爱过你，也不后悔我现在还是会想你。只是偶尔，偶尔还是会遗憾，陪我到最后的人，不是你。

48 那些年，我爱了很久的姑娘

据说每个男生心中都藏着一个初恋。别人是不是我不知道，阿秀一定是。

那个小五姑娘，是真真切切地被他惦记了好久好久。

01

第一次看《那些年，我们一起追的女孩》是 2011 年，我高二，刚转学到我后来上的高中，为了能够快速地融入新集体，我跟当时班上的同学一起看完了那部电影。

电影的最后，柯景腾去了沈佳宜的婚礼，眼睁睁地看她嫁给了别人，当时我忍不住骂了一句，说柯景腾简直是个傻瓜，去都去了，为什么不抢婚？

我的新同学听完后都觉得我太酷了，哪怕那时的我成绩拖后腿，还因为太胖要一个人霸占两个人的座位，也轻松地交到了一群还不错的朋友。

我是一个非常容易满足的人，有篮球、有朋友，已经足够让我每天都过得十分开心。

直到遇见她，我才意识到其实我的人生，是可以变得更好的。

她是我的同班同学，长得很可爱，成绩也很好。但在她面前，我什么也不敢说，连眼神接触都很闪躲。

她是班上的第二名，而我是倒数第二名，我这个198斤的胖子，怎么配得上那么好的姑娘。

我开始每天长跑8公里，在38℃的高温下坚持到球场练球，我用了四十五天瘦了39斤，每做一次蛙跳，她的样子就会在我的脑海里清晰一次，这是我第一次知道，原来心里有一个人，可以带来这么大的能量。

大家都说我疯了，可是为了她，我愿意发疯。

我习惯在午休的时候偷偷地在她的抽屉里放一小盒糖果，我习惯了没有自己的喜怒哀乐，她的每一次皱眉就关系我的心情转折。

有人问过我篮球和她对于我来说哪个更重要，我回答说，都重要，篮球是我的生命，她是我的生活。

我不仅得活着，还要好好地生活。

02

我曾经问过她很多次，我是不是特别差劲。她每次都会摇着头说："不会啊，我觉得你挺好的。"

我挺好的，但始终不是她想要的。

高二快结束的时候，我偶然听到一个男生在议论她，年少轻狂，大脑管不住拳头，下手没个轻重，让人住进了医院，养了好几个月才彻底痊愈。

那是我第一次在她脸上看到了叫作失望的东西，我不知道该做什么她才能原谅我。

我拼命地道歉，保证再也不会冲动，庆幸的是，她虽然对我的暴力行为提出了强烈的抗议，但最终还是原谅了我。

说出来不怕被人笑话，那一刻真的是我这么多年以来，前所未有开心的时刻。

03

高三那年，我们面临高考的压力，因为她的鼓励，我的成绩终于不再那么惨不忍睹，可意外的是，她的成绩下滑严重。

我跟她说没关系，我们一起努力，以后还可以上一所大学，我保准不让任何人欺负她。

可是她却把志愿填到了距离我 900 公里以外的城市。我攒了很久的钱，终于攒够了去往她城市的路费，她却告诉我，她要恋爱了。

那个瞬间，用天崩地裂来形容也绝不为过。

那个男孩会对她好吗？会好好珍惜她吗？会把她宠成一个公主吗？这些我都不得而知。

我给她发微信，对她说，能不能让那个男生再追你久一点，她没有回我，我这才意识到，我对于她来说已经什么都不算了，我没有资格再去过问她以后的生活。

我失去了她，也失去了我的整个青春。

我开始抽烟、酗酒、熬夜、放纵，又一次冲动地和人动手，我亲手把自己送进了医院。等我醒来时，医生告诉我，我的左手受伤严重，这辈子都不能再打篮球了，我躲在被子里差点把这辈子的眼泪都流干。

没有篮球我就不能活，没有她我就不能好好地活，什么都没了的我，真的不知道要怎么熬过去。

我躺在病床上，祈求着她能来看看我，可是一直等到出院，我把曾经疏远过的兄弟都等来了，也没有等到她。

在医院的时候，我第二次看《那些年，我们一起追的女孩》，看到柯景腾穿着西装出席沈佳宜的婚礼，这一次我再也无法骂柯景腾傻了，只能哽着喉咙在心底祝福沈佳宜，今后要平安喜乐，百岁无忧。

04

我是最后一个收到她要结婚的消息的人。

我突然想到了她第一次跟我说话时的场景，我们在小卖部相遇，我排在她后面结账，她却意外地忘带了钱包，她认出了我，有些害羞地问我："你能不能借我点钱，明天就还给你。"

那时候我一个"日光族"，身上仅有的钱就是回家的车费，但我还是把自己所有的钱都给了她，用来换一次和她的交集。

这些年我也遇到过很多不错的姑娘，她们说不介意我心里有人，自信会帮我一起忘记她，可是最终没有一个人能够取代她在我心里的位置。

我知道我对不起她们，可是我更怕对不起她。

虽然她早就不要我了，但是我还是想要保持着对她的忠诚。

虽然她不是我的沈佳宜，但是我心甘情愿做她的柯景腾。

今天是我第三次看《那些年，我们一起追的女孩》，明天我就要学着柯景腾去买一件合身的西装，给自己打一个漂亮的领结，出席她的婚礼。

我不知道我们再见面时应该对她说好久不见还是祝你幸福，我甚至还没想清楚要给她准备什么样的礼物。

别人都劝我还是别去找刺激了，可那是我最喜欢的姑娘这辈子最美的一天，我想不到有什么理由不去见证她的欢喜。

就当是告别也好，我亲爱的小五姑娘，你是我的青春，也是我这一生最大的遗憾。是我不好，没能做到护你一辈子安好，愿你的他能许你最好的未来。

如果可以的话，希望你能给我一个拥抱，如果不行，那就让我抱抱你的新郎，愿他照顾好我爱了很久的那个姑娘。

祝你们百年好合，祝我的岁月长河里也能遇见那个愿意与我携手一生的姑娘。

49 哪有那么多突然放弃

我做过一期节目,名字叫"我突然不喜欢你了",下面的留言一个比一个令人心痛,其中一个姑娘的留言令我印象深刻,她说哪有那么多突然放弃,只是一腔热情地奔向他,努力过了,甚至拼过命了,那个人还是告诉你:不行。

这是一个女孩写给爱而不得的你的信,读完,最多再哭一场,就把那个人忘了吧。

不是不喜欢你了,而是喜欢你的人太多了,我始终都是最不起眼的那个。

以前我总觉得只要我变得优秀一点,你就会看到我,可是时间久了我才明白,如果一开始心里就没有我的人,哪怕有一天我能被你看进眼里,也不会引起你的注意。

因为喜欢你,我变得自卑且患得患失。

你偶尔的一句晚安就能让我一夜好眠,节日的群发祝福也能让我开心很久。

都说喜欢一个人的时候是没有思考的能力的,而我恰恰相反。

喜欢你的时候,你随便的一个有关于我的举动,我就会随之蔓延出无穷无尽的想象。

我从未觉得自己有当诗人的能力,却在心里为你写了千篇万篇的情诗。

你不过是冲我笑了一下，我就觉得满树的樱花都没有你美好。

你不过是在雨天借了我一把伞，我就觉得自己的整个世界都因为你开始变得晴朗。

然而你对我的回应也只能到这里了，爱情是最经不起推敲的，纵使你在我的世界里成了唯一，我在你那里，却只能是之一。

你把微笑给了我，却把拥抱给了别人。

你把雨伞借给了我，却转身送了别人回家。

我是被你看到的那个，却不是被你放在心上的那个。

你身边的人那么多，我以为我挤进去了，却始终被挡在人山人海之外。

我是真的很讨厌这种无能为力的感觉，所以我决定放弃你了。

我不想再欺骗自己，明明你只是享受我对你的好，从未想过要跟我在一起，那我还有什么理由要继续这场看不到尽头的付出。

我是因为喜欢你所以才心甘情愿，但心甘情愿绝对不会是理所应当。

其实我知道，你也不是不懂得心疼别人，你只是从来不会心疼我而已。你也不是真的不想谈恋爱，你只是不想跟我谈而已。

你从来都不是喜欢我，只是喜欢我不会离开你的这种感觉。但是现在不一样了，在无数次付出得不到回应的时候，我也会累。

反正你身边的人那么多，少我一个也没有什么。

但是我不一样，我给你留的位置，从未想过要换成别人。

在放弃你以后，我开始渐渐发现，其实你也不过是个凡人，曾经我在你那里看到的光，都是因为我的喜欢才为你镀上了金身。

很遗憾我没能在你的世界占据一席之地，但是我不后悔曾经喜欢过你。

因为你的不珍惜，才让我明白不被放在心上的感觉有多苦。

未来我只想跟一个懂得珍惜我的人在一起，愿你也能早日在"万花丛"中找到你想要的香气。

我不是不喜欢你了，而是懂得要更爱自己了。

50 要不，你删了我吧

你删除过一个人的微信吗？

不是微商，不是销售，而是你曾经微信置顶的那个人。

我以前不明白，那么喜欢的人，怎么能说删就删了呢？直到我听到了这个女孩的故事，我才知道，删微信这件事情，主动删除的那个人更痛。

01

遇见你之前，我想象了无数种我喜欢的人的样子，但遇见你之后，我喜欢的人就只有一种样子，那就是，你的样子。

都说学生时代的喜欢是不作数的，所以大学遇见你的时候，我是努力抑制自己的心动的。

都说初恋是走不到最后的，所以我宁可第一个不是你，也要去争取最后一个是你。

都说朋友之间的喜欢如果说出口，就连朋友都没得做了，所以一直到毕业，我也没把心思告诉你。

你是班长，我是团支书，别的同学除了上课几乎碰不到面，我们却因为院里开会的缘故，经常碰面。

你记性不好，每次开会之前都要我提醒你，叫你一起。

你也许不知道，和你并肩走在校园里的时候，我的心是怎样的雀跃；你一定也不知道，你只是走在我身边，我的掌心就已经蒙上了薄薄的一层汗。

如果喜欢是心悸，那和你站在一起的每一个瞬间，都让我无比坚定地相信，在我二十几年的人生里，第一个能让我心动的人，就是你。

02

长相阳光，学习不赖，还是校篮球队的前锋，层层光环之下，你身边从来不乏对你示好的女生，尤其是那一次校元旦晚会之后。

我记得那一次我们开完班干部会一起往食堂走的路上，你说团委老师想让你报一个唱歌的项目，我说你声音这么好听，唱歌也一定很好听。

你罕见地有些脸红。

自那以后，我们时常在微信里分享自己喜欢的歌曲，一起挑选最适合你的那首歌，最后我们一致决定，选了刘若英的《成全》。

你抱着吉他坐在元旦晚会的台上，深情款款地唱着，身后一片漆黑，只有你在的地方有一束光亮。

那时候的我一点都不觉得伤感，只觉得碧海蓝天都没有聚光灯下的你来得好看。

却不承想，我还没来得及将这场蓄谋已久的恋爱坐实，你的故事里已经有了别的姑娘。

03

　　元旦晚会后,你收到了很多姑娘的示好,但你都一一拒绝了,甚至有的时候,会故意和我亲近,帮你挡掉一些不必要的桃花。

　　那时候的我还以为,你在用一种我能接受的方式,让我感觉到,在你心里,我和其他的女生是不一样的。

　　后来才知道,我是不一样,因为她们是追求者,而我是朋友,好朋友,能够喝醉酒之后互诉衷肠的好朋友。

　　该怎么说呢?

　　是该高兴我比她们更让你信任,才能让你对我说出藏了那么久的心事,还是该难过,原来你拒绝别人不是因为我,而是因为你不得善终的初恋。

　　哪怕是喝了酒,我也能听出你说起她时的恋恋不舍,原来我的男孩,心里也住着一个女孩。

　　那次之后,我们是共有秘密的朋友,聊天的次数越来越多,身边的人都以为我们在谈恋爱,只有我知道,我们最亲密的样子也不过是人前别人看到的样子。

　　我努力想要克制,让自己退回到好朋友的位置,但很抱歉,喜欢无法克制,每次你一出现,我就忍不住想要靠近你。

　　但那又怎样呢?即使那个人已经不在你身边,却占据了你的心,我再怎么努力,也只能是过客而已。

　　你成全了她的碧海蓝天,我也想在我还能克制的时候,成全你的一往情深。

　　都说失望之后是绝望,绝望之后是重生的希望。

　　删除微信只用三秒,但希望我删掉你之后,也能像金鱼那样,只拥有七秒记忆,别再作茧自缚了。

PART 7

心上人都是远方人

我还爱着你,却已经没了和你从头来过的勇气。
不如算了吧,我们就到这里吧。

51 你就别再想起我

我有很多女性的听众，感情顺利的少，失意需要陪伴的多。

我试图去揣摩她们的心思，描摹出来，一是为了让她们有个同理心的安慰，另一个，就是想让更多的男同胞知道，你眼里她的无理取闹，背后可能已经经历了一次又一次的失望，最后全盘爆发，用一次歇斯底里给她的绝望一次交代。

不信你听，一个女生心碎的声音。

微信我删了，以后别再联系了。

我不知道从哪一天开始，你变得不在意我了，你不再关心我的心情，也不在乎我的行踪。

我努力不去在意，努力去做你口中懂事的女朋友的样子，可是你也没有因此对我多一些耐心。

我不喜欢变成那种满肚子都是委屈、一心要发泄的怨妇。但是这些，我通通都做了。

我知道，你厌倦了。对不起，以后不会了。这是我们在一起后，我第四次哭。第一次我哭的时候，你就说过，以后不论发生什么，只要你在，绝不会让我哭。

我也告诉我自己，事不过三，如果下一次，你再让我哭，我就不要你了。

可是这一次，你还是让我哭了，在我突然发烧，却整夜联系不上你的时候，我也还是没骨气地期待你会给我怎样的回复。

以前说不管多忙，对我永远有空的人，现在却没时间回我微信，没时间接我电话，甚至没时间安慰我，放我一个人哭。我知道，你不是真的这么忙，你只是对我忙罢了。

其实我特别不喜欢放下姿态、委曲求全的自己，可对于下定决心删你微信这回事，我还是没有足够的勇气。

我小心翼翼地等你回复，生怕错过你想通后和我说的那句"对不起"。

这是我们第四次吵架，我在电话里哭了整整两个小时，而你在那头沉默不语，然后等我哭到没有力气。以前我们吵架，你最后都会给我发一条微信，说我们要好好的。

每一次我都说服自己，会好的，没关系，以后都会好的。

所以这一次，我和以前一样，我等，一直等，从醒来等到睡着，从天亮等到天黑，也没有等到你的消息。

电话我检查过了，没有欠费。微信我时刻看着，网络畅通。

之前的每一次我都等到你了，或许这一次最终我也能等到你，或许明天，或许后天，或许在未来某一个你终于想起我的日子。

但我等不了了。我为你妥协了那么多次，这一次，我想留给尊严。

找不到你，我就不找了。

我需要的时候你不在，那你回头，我也不要了。

微信我删了，以后别再联系了，以后别再想起我，也别假装你有多难过。

52 除了你，我不想喜欢任何人

听过一句话，那些说"算了吧"的都不是真的放下，那些闭口不谈的，往往将喜欢藏得最深。

就像那个曾经拨通我热线的男孩，半小时的谈话，对于还爱着的事实闭口不谈，却在那个女生的声音从电话里出现的时候，倒吸了一口凉气，啜泣的声音小到几乎听不见。

失去特别喜欢的人是什么感觉？我想他的故事是最好的答案，愿你听过就好，切莫经历。

《东邪西毒》里有一句台词是这样的：有些人是离开之后，才会发现离开了的人才是自己的最爱。

我们分手的时候，我装作自己一切很好的样子跟前任握手拥抱，然后带着假笑接受她所谓"祝你以后遇到更好的人"的祝福。

她拉着行李箱从我们共同的住处离开以后，我像是一个泄了气的气球，瞬间无力到全身瘫痪，印象里自己应该有很多年没有哭过了，但是那天，我哭了很久。

没办法啊，一想到从此再也没有人会在我说饿了的时候，从口袋里立马掏出两颗糖对我说，先忍忍，饭一会儿就好了，我就觉得难过。

朋友们都说忙起来以后就好了，忙起来就会忘了。可是我忙完了，却觉得周遭都是她。

周末是从来不敢出门的，城市太小，怕遇到熟人过问我们的近况。更怕遇到她，身边站着另一个比我得体的男生，向我点头问好。

我们在一起的时候，我鲜少对她说"我爱你"这样的情话，觉得酸，认为那是小孩子谈恋爱时才会有的幼稚。

都说爱情是要靠做，不是靠说的。可事实上，真正成年人的恋爱，是需要表达和坦诚的，那种靠想象力去猜测自己在对方心中到底有多重要的恋爱，真的太累了。

人都是在一瞬间长大的，爱情也是一样。只有经历过一次失去的痛苦，才会在以后明白珍惜有多重要。

以前我总觉得自己没有那么喜欢她，所以哪怕她说"要不，我们都冷静一下吧"的时候，我想都没想就说："别冷静了，分手吧！"

她向来遵从我的意愿，所以没有理由不给我自由。而先说分手的人，是没有资格回头的，所以，我活该。

她离开后带走了很多东西，可是关于我们在一起的回忆，总归是带不走的。

半夜渴醒，再也没有人起床给我倒水喝了。

早上闹钟响过，我必须要立刻起床才能避免上班迟到。

出门前我需要认真查看天气，才能放心地把放在包里的雨伞放下。

网购的默认地址还是家里的，也要改成公司才能不错过快递的派送。

失去一个人其实并不是一件多大的事，但是失去一个曾占据了自己全部生活的人，那就意味着你得重新再去习惯另一个不同的生活方式。

难，太难了。

哪来的运气去重新遇见一个比她更好的人啊！先不说有没有这个运气，就算是有，我也不想要了。

失去特别喜欢的人到底是什么感觉，我希望你们，这辈子都回答不了这个问题。

53 我准备好用一辈子去忘记你了

忘记一个人需要多久?

一天?一个星期?一个月?一年?

还是一辈子?

分手后,你做过有她在的梦吗?如果有,读完这篇文章,也许你会好过一些。

01

我昨晚,又梦见你了。

梦里我一遍一遍地问你,为什么要分手?为什么三年的感情你说断就断?为什么我们一起生活了两年多的家,你说不要就不要了?

我一遍一遍地问,从大声质问到声音沙哑,从满怀希望到最后的绝望。可你还是和那天一样,除了一句"对不起",什么也没有留下。

你收拾好东西,关门离开的那一刻,我醒了。

这是分开后我第几次梦见我们分手那天的场景,我已经记不清了。我也记不清,这是我第几次从梦里哭着醒来了。

你一定没有想到,在你面前那样骄傲的我,曾在无数个没有你的夜里,撕心裂肺地痛哭过吧。

就像你永远不会知道，你走的那天晚上，我下楼追你了。

我想告诉你，我不闹了，我们好好的。我想求你不要走，求你回头看看我，求你回来抱抱我，但我的自尊不允许。

不是你给我一句对不起，我就能当作什么都没有发生过，还你一句没关系。我也不想像个疯子一样追问你为什么，但我说服不了自己。

我还爱着你，却已经没了和你从头来过的勇气。

我蹲在楼梯口看了很久，看着你头也不回地走，看着你消失在路的尽头。

我才知道，我是真的失去你了。

02

对了，上个周末，我又去南锣鼓巷了。我总以为去我们以前去过的地方，就能偶遇你，但你连偶遇的机会都没有给我。

我走遍了南锣的每一条胡同，都没有遇见你。

我还去了我们常去的那家书吧，以前我们每周六都要过去坐坐的。

老板问我怎么一个人，我回答不上来。她说前些天她又去西藏了，拍了湛蓝的天，做成了明信片，送了我两张，让我寄一张给你。

我才想起来，我已经没有你的地址了。

我们分手了。

我像个傻子一样，站在吧台前愣了好久，老板叫我的时候，我才回过神来。

明信片寄不出去了，我连问候你的资格都没有了。

可是再怎么喜欢你，我们也回不去了。

03

离开书吧的时候，我看见墙上列了一个清单，写的是"你最应该丢掉的一百件东西"，第一百件我记得异常清晰。

第一百件你最应该丢掉的，是一个不爱你的人。

是啊，再多的借口都抵不过一句，你不爱我了。

你看我时的眉眼带笑，你抱我时的温柔紧贴，你帮我擦眼泪时的手足无措，这些，你都给别人了。

因为看过你爱我的样子，才知道现在的你爱的是别人了。

我和公司请了个假，清理了我们的家，扔掉你送的花，丢掉了你为我画的画。

收拾好一切，拉开窗帘的那一刻，阳光照了进来，有些刺眼，我差点流出泪来。

我看了看窗外，吸了吸鼻子，这一次，我不会再为你哭了。

我准备好要忘记你了。

真的，从下一秒开始，我就真的，一点都不喜欢你了。

很多人会说，爱了那么久，说放下，说忘记，谈何容易。

但人走了，不忘记，也不可能再回去，又何必留着回忆折磨自己。

梦醒时分，你总要清醒，有些人，有些事，该忘就要忘，该放弃还得放弃。

54 愿你能早日放下他，也放过你自己

有一个很老的段子："喜欢你只用一秒，但忘掉你要一辈子。"

很矫情，却很真实。做电台这些年来，我遇到的"忘不掉"的人太多了，夏天绝对是其中最让我印象深刻的一个。

于是把他的故事写下来，能宽慰一点是一点，愿你能早日忘掉，放过他，也放过你自己。

01

近日来上海雨水不断，昨天半夜我突然起了一身的湿疹，家里的电用完了，没来得及交，只能摸黑起床找药膏。

我这人平时懒散惯了，东西都是随便放的，在翻箱倒柜的过程中，还不小心碰掉了一瓶红花油，把我砸得瞬间清醒。

好不容易找到了药膏，却发现后背压根擦不到，一时间又痛又痒，眼泪流了满脸。

如果这时候你还在，那该多好。

我记得刚来上海的时候也是在这样的梅雨天。

作为一个在北方长大的汉子，适应了北方干燥的空气，搬进出租屋的第一天晚上，我就辗转难眠，总觉得床单是湿的，被套也是湿的。

看到天气预报说要连续一周都下雨，我暗戳戳地把8点的闹钟调到了7点，留一个小时的时间用吹风机把永远晾不干的衣服吹干。

我当初选择来上海的确是下了很大的决心，你妈一直不喜欢我，觉得你应该找个上海本地小伙结婚。

而我们俩当时也不知道哪里来的自信，笃定只要努力，就一定可以得到她的认可。

于是我几乎没多思考，就来了这座除了你哪里都容不下我的城市。

坦白来说，你为了我真的做出了很多的努力，不惜从家里搬出来，跑来跟我一起窝在这间潮湿又拥挤的出租屋里畅想着不知道什么时候才会来的美好未来。

有一天半夜，我突然生了一身的湿疹，全身痒得厉害，忍不住想挠。

你大半夜出门给我买药膏，可惜因为下雨药店都没有开门。

为了防止我用手抓，你把我的两只手握得很紧，后来实在是太困了，也就睡着了。

等到醒来的时候你正好从外面回来，手上拎着前一天半夜没买到的药膏，见我醒来，就开始帮我涂。

药膏清凉的感觉我这辈子也忘不了，你给我的温柔，我这辈子也都忘不了。

02

我是真的不喜欢上海，也是真的喜欢你。

我们的房东是一个非常优雅的上海女人，见我们感情这么好，经常开我们玩笑地问我们俩什么时候结婚。

每次你都会笑着回答说，快了快了。

这句"快了"给了我无数的希望，也让我开始了漫长的等待。

在很多人看来，上海比北京要温和得多。但我对于这座城市始终没有太多的好感。

多等一天，我就煎熬一天，加上家里偶尔打来电话问起我的近况，我都心虚地不知道该怎么回答。

后来我想过很多次我们分手的原因，我怪过你妈，也怪过你。但越往后我越明白，真正导致我们分手的，应该是时间对我们感情的消耗。

没错，爱情其实也是消耗品，时间越久，两个人之间的感情越淡薄。

不知道从什么开始，我变得斤斤计较、患得患失。

刚开始你愿意哄我，我爱吃糖醋里脊，你就回家缠着你妈教你，还被烫伤过两次。

我们都不喜欢洗碗，你就拿着还没焐热的奖金，去买了一台洗碗机，那在当时绝对算是我们家的奢侈品。

但当时的我不懂，觉得你在浪费钱，觉得你不会做饭还要硬逞强。

我从未想过这些对于你来说，其实是一种负担。

03

　　第一次接到你妈电话的时候，我跟你吵了一架，你坐在客厅里沉默了很久，不敢跟我对视。

　　第二次再接到她电话的时候，我关掉了手机，去同事家挤了一晚。第二天开机看到你给我发了很多条微信道歉，没忍住坐在路边哭成了傻子。

　　为什么别人都可以跟喜欢的人在一起，而我们却这么难呢？这个问题，我怎么也想不明白。

　　第三次接到你妈电话的时候，她告诉我你去相亲了，最近会跟我提分手，我能感觉到我当时握着手机的手抖得厉害。

　　我跟你提分手，你抱着我哭着说："不要分手好不好，我只是想应付一下她而已啊！"

　　也是从那天开始，我对你的猜疑越来越重。

　　你回家晚了，我会忍不住生气，你回消息迟了，我会忍不住介意。

　　直到你问出那句"你到底要我怎样？我已经很努力了"的时候，我依旧冷漠得可怕。

　　你夺门而去，半夜我抱着潮湿的被子哭得厉害，对着空气骂你，然后又安慰自己说，上次是我走，这次是你走，我们扯平了，只要你回来，我就再也不跟你吵架了。

　　后来你的确是回来了，但身后还跟着你妈。

　　你妈一进门就开始说这是什么鬼地方，能住人吗？

　　这时候房东正好从对门出来，听到以后自然少不了要吵上一架。

她们在外面吵，我们在里面吵，总之，我们完了。

04

你跟着你妈搬走以后，我对着空荡荡的房子诅咒你这辈子再也遇不到真爱。

我发誓要留在上海，让你和你妈看看，哪怕我不是本地人，我也可以在这里赢得一片天地。

白天工作，晚上疗伤，为了不让人看出来我失恋了，我装作一切都没有发生的样子强颜欢笑，唯一可以说话的人，就是房东。

她待我是真好，我们分手后，她从来不会在我面前提起你的名字，但即便这样，我还是会经常想起我们在一起的时候，她问我们什么时候结婚的场景。

那时候你说快了，快着快着，我们就分开了。

其实想把你忘掉也不是特别难，洗碗机我再也没用过，每到梅雨季节的时候我会提前买好药膏。

只是我怎么也没想到，会出现昨天晚上那样，够不到后背的情况。

听朋友说，你的婚期将近。

听朋友说，你妈对他很满意。

听朋友说，你有叮嘱她帮忙照顾我。

其实我早就后悔了，后悔当初我太倔了，后悔我当初不够坚持。

但后悔有什么用呢？我们之间即使战胜了地域的距离，却仍然隔着两个家庭的鸿沟。

所以就这样吧,希望你不要再跟任何人打听我的消息了。

我会慢慢忘掉,你也要做到,祝我们都能过得更好,不要在回忆里继续煎熬。

55 别再等一个不可能的"晚安"

喜欢一个不可能的人是什么感觉？

大概就是，连做梦都和他有关，但一觉醒来，却发现那些和他仅有的一点儿关联，也只能是在梦里。

希望你看完这篇文章，别再等一个不可能的"晚安"。

我总是在遇见一个中意的东西时便全身心地投入进去，甚至不会理智地思考，就不计后果地一味往前冲，例如喜欢你。

其实恋爱最可怕的就是把等待熬成一种习惯，明知道那是个坏习惯，却怎么也改不掉它。

习惯每天早上起来第一件事情是看你的城市的天气预报，习惯每天自顾自地和你说早安，自以为体贴地提醒你天冷要加衣，天热要注意防晒。我看到你的城市要下雨了，告诉你出门要记得带把雨伞，却没问过你，你需不需要我自以为是的关心。

我没想过你或许根本不需要我来提醒你，我不知道你的书包里永远放着一把雨伞，因为你怕错过任何一次为她撑伞的机会。而我，还在南方的艳阳里惦记北方的下雨天，担心你有没有被雨淋湿。

我习惯每天把日常点滴的趣事积累起来，拍好看的风景，看好笑的段子，然后迫不及待地和你分享，想要你多一点儿的回应，却没想过我的快乐你是否也想要了解。

习惯了每天晚上跟你说晚安，然后捧着手机，一直等一直等，明明已经困得睁不开眼睛，还是要时不时点亮手机屏幕看有没有你的消息。每个等你的晚上，即便和你说完晚安，我都没有办法安睡，因为我想等你也能对我说上一句。

可是，其实没有我的晚安你也可以睡得很好。

他们说攒够了失望就离开吧，难道还要等到绝望吗？是吧，等不到你说晚安的夜晚太多了，对于我，你已经疲于应付了。你开始不回我的消息，你开始对我发脾气。你说你忙，不方便接电话，你说太晚了，不方便发语音。

慢慢地，我也习惯了你的不回复。习惯了一天不和你联系，习惯了一周不听你的声音。或许以后还会习惯更多，习惯不给你发早安的早晨，习惯那些等不到晚安的夜晚。

我开始刻意不去看手机，我让自己变得忙碌，忙到没空去想你为什么还不回我的消息，忙到每天回到家沾床就睡。

没有你的忙碌生活，我也可以过得很好；不去等你的夜晚，好像也没有那么难熬。那些不愉快、小难受，总会过去。像你说的，没有遇见你之前，我一个人也这么过来了。

以后我不会再对你说晚安了，以后我也不想再为你熬夜到天明了。我取消了对你的置顶，不再抱着手机，等你的那句晚安，我终于可以安心睡去，梦里不再有你。

56 真正喜欢你的那个人，不会舍得让你哭

程一电台的很多粉丝都是女生，她们有太多话想说，却没有场合去说。或者说，她们不敢。

我试图以她们的角度去看待这个世界，去诠释她们的故事和当下的心情，有些或许不够准确，但幸运的是，不少人在里面找到了共鸣，得到了安慰。

可能你会觉得我奇怪，但女孩的有些话，应该被更多人听到。

01

我听过很多人对于理想中另一半的描述，最喜欢的一句是：

真正喜欢你的那个人，不会舍得让你哭。

我在十七岁的时候遇见我的初恋，那个时候压根不懂如何在感情中权衡利弊、把握分寸，我只知道我喜欢他，就要百般对他好。

他喜欢吃学校后街早餐铺的霉干菜肉包，我每天早起半小时去排队给他买。冬天我就把包子裹进外套，抱在怀里，生怕他吃的时候已经凉了。

我不知道别人的青春是什么味道的，我只知道我冬天的每件

外套，都是他喜欢的包子味。

他喜欢打篮球，我翘课都要去看他的比赛，喊到喉咙沙哑，也要用最大的力气，为他加油打气。

我为他洋洋洒洒写过两大本日记，每翻几页就有几个被泪水浸过变得模糊的字。

我写过好多矫情的文字，最多的是他的名字。

我喜欢他，他说什么我都信。所以在高三毕业的时候他说喜欢我，我也信了，丝毫没有想过他只是习惯了一个人对他这么好，而那并不是爱情。

02

上大学的时候，我们去了两座不同的城市，他在成都，我在南京。他忙着各种社团活动，身边永远有女孩围着他打转，我也从未起过疑心。

异地两年，每次都是我去找他。上学的时候没有钱，我买的硬座，最快的那一趟要坐二十四小时，下午3点出发。为了和他多待一天，我翘过系主任的专业课，差点被抓典型。

我不是一个爱哭的人，但和他在一起的两年里，我总哭。

高中的时候，看到他和其他女生打得火热却对我冷漠，晚上抱着日记本边写边哭。

刚在一起的第一年，急性肠胃炎发作，我一个人去医院，差点疼晕在路上的时候，我给他打电话，还没开口，他一句"忙呢"，就挂断了电话。我坐在医院的长椅上，眼眶一下子就湿了。

03

  大二那年国庆，我在去找他的火车上被喝醉酒的大叔骚扰了，见到他的时候，满肚子的委屈，和他说的时候，他满不在意，继续玩着手机，一句关心的话都没有。

  回南京的火车上，我看着我们以前恨不得二十四联络的通话记录，到最近一星期都说不上几句话的聊天记录，哭了一天一夜，直哭得眼睛红肿，睁都睁不开。

  其实，高三拍毕业照的时候，我特意站在他旁边，才有了我们的第一次亲密合照哭。

  我追着他跑了一路，哭了一路。以声嘶力竭为他加油打气开始，以我哭肿的双眼结束。

  最后，我们的感情在我不找他、他也再没找过我的零交流中默认结束。在他的朋友圈第一次晒出他和女朋友的亲密照时，我终于承认，感动换不来爱情，总让你哭的那个人不是真的爱你。

  都说爱情有让人快乐的魔力，我又为什么要一个人在爱情里哭得不能自已。

  没有谁能够让你委屈自己，即使是你很喜欢的人也不行。

  与其一个人在爱里逞强，不如找个彼此契合的灵魂一起流浪。

  反正余生那么长，我又何必放任自己被同一个人一伤再伤。

  要和我共度余生的人呐，他可以不善言辞，但至少要具备哄我的能力。不求那个人对我情深似海，但求他能知我悲喜，疼我、宠我，绝对不会放我一个人流泪到天明。

  世界那么大，能找到一个懂你的人不容易，但不管有多难，不论要多久，余生请你一定一定，要找到那个不会让你哭的人在一起，才不算辜负自己。

57 不如算了吧

从未得到和得到后又失去，你觉得哪个更难过？

每个人的答案可能都不一样，但我知道对于绿绿来说，一定是后者。

毕竟她说出那句"不如算了吧"的时候，几乎耗尽了她全身的力气。

你还记得我们刚在一起的时候吗？

你大概忘了吧。

但我记得，每一件甜蜜的、痛苦的事，我都记得。

记得上学时，我们第一次牵手是在自习室的角落里；记得在一起后，你给我写的第一封情书最后一句话是"宝宝，我会爱你一辈子"；记得毕业了，我们第一次住进出租屋的时候，你说一定要在结婚前买一套属于我们自己的房子。

当然，我也记得，第一次在你手机里看见暧昧短信时的沮丧心情，记得你一次次不回我消息，却在别人朋友圈点赞时的失落。记得每次你说你忙，我都忍住不去打扰你的假装坚强。

我努力告诉自己，你是爱我的，只是工作忙，没有时间陪我；你是爱我的，那些我难以接受的暧昧信号，都只是工作的客套需要。

我在心里给你找了无数个借口，我一次次说服自己，然后用我们过去幸福的点点滴滴支撑着我在这条本该你和我一起走的路上,独自走下去。哪怕你再也不像当初那样热烈地回应我,我也不想轻易地放弃这段感情。

但我错了,什么事情都可以靠努力获得,但是爱情不可以。

你可能忘了,我和你提过分手的,是你说你离不开我,是你说你不能没有我,我才误以为这段感情还有回旋的余地。

可是结果呢?你并没有多努力,我也不想再白费力气。

可能你自己都不知道,你对我说"对不起"的次数,远远多过你说的"我爱你"。当感情只剩下抱歉和原谅,我又有什么理由再死撑下去。

承认吧,你不爱我了,至少,不像从前那么爱我了。

所以哪怕分开也没能教会你珍惜,我的原谅也没能让你学会悔改。

现在看来,当时你的挽回并不是因为你有多爱我,只是在这个世界上,你找不到另一个人比我更爱你了。

没人会像我一样迁就你的坏脾气,没人会容忍你的冷暴力,你找不到比我对你更好的人了。

所以你回头,所以你挽留。

但你忘了,失望攒多了,会变成绝望。

你忘了,如果你没那么爱我,我也不是非你不可的,我也是会走的。

你不会再对我毫无保留,我也没有勇气再为你不顾一切。

就像你摔碎了一个玻璃杯,你对它说"对不起",它也不能拼凑回原来的样子,对你说一句"没关系"。杯子碎了,再难完好如初,感情的裂缝出现了,就再难愈合。

不是每一句"对不起",都能换回一句"没关系"。我知道对于你我还是难以释怀,但关于你的一切我已经再也没有了期待。

算了吧,我们就到这里吧。

反正余生那么长,你也不见得能有多难忘。

58 关于郑州，我知道的不多

我在2019年的时候录制了一首歌，李志的《关于郑州的记忆》，得到了歌手的授权后我就迫不及待地录完，想要分享出来。

有人问过我，那么多歌，你为什么选了这首歌？

我记得当时我的回答是，因为我创业的起点在郑州，那里是我真正梦开始的地方。

四个人挤在一个出租屋里，睡醒就工作，饿了就随便弄点吃的，折腾到半夜实在干不动了就休息，那个时候每天都觉得自己身上有使不完的劲儿，穷、累、苦，但也从来没听谁抱怨过一句。

虽然后来我们四个人选择了不一样的未来，但那段时间，对我们每个人而言，都有不可替代的意义。

选择这首歌，是想记录下曾经很简单，但拼尽全力的我和我们。

这样的回答合理且励志，但鲜为人知的是，除了这个，我选择这首歌还有一个原因。

我在2014年刚开始做"程一电台"的时候，认识了一个男生，他和我讲了一个关于郑州，关于一个女孩的故事，明明故事普通得连跌宕起伏都没有，我却意外的印象很深。

我不知道郑州这座城市有多少和他们一样的男孩女孩，但我愿意用我的方式，把他们很珍惜的情感记录下来。

不快乐，甚至有一点儿痛，但值得被记住。为了方便你阅读，我换成男生自述的角度,故事很短,但有的人用一生在经历。

我回来找过你,在2014年的夏天,热得让人有些烦躁。

我站在二七塔下给你打了一夜的电话。嘟……嘟……嘟……一声两声。

"对不起,您拨打的电话正在通话中,请稍后再拨……"

"对不起,您拨打的电话正在通话中,请稍后再拨……"

……

"对不起,您拨打的电话已关机"

一个没接,两个没接,三个四个五个……只听到机械的女声回应"对不起……"

看着这座城市从天黑到天明,听着手机里的嘟嘟声,我从焦急不安到最后的心如死灰。

天边泛白,二七塔的灯熄灭的时候,我心里对你最后的那一丝火焰也灭了。

我的手机没电了,你我也找不到了。

我在广场后面的小巷子里找了一家早餐店,要了一碗胡辣汤,挨着墙找了个插座给手机充了电。

那是我第二次喝胡辣汤,第一次是我们初次见面的时候,2012年的冬天,我坐了一夜的火车来你的城市见你,你在火车站见到我的时候,我冻得瑟瑟发抖,甚至不敢碰你,生怕冻到你。

你急急忙忙把我拉进了一家早餐店,抱怨我怎么不多穿点儿,一个大男人,还不知道照顾自己。你给我点了一碗胡辣汤,说要让我暖暖。我端起来喝了一大口,呛得眼泪直飙,你一边拍着我的背一边叫我慢点儿。

我冲你摆摆手，抬头的时候，看到了你眼里的泪水，你笑我傻，让我喝慢点儿。我紧紧地拽着你的手，我知道，你是疼我的。

我们是异地恋，我在北京，你在郑州，那会儿我们都是学生，没有经济来源，每次去见你，我都要攒上大半年的钱。

买一张硬座，摇摇晃晃一整夜，恰好能在天刚亮的时候见到出站口等我的你。

那时候的郑州没有地铁，记忆里的我们都是坐着公交穿梭在这座城市里。

那时候的我们也看不起电影，手拉手逛公园是我们约会时最常做的事情。

那时候我们都喜欢听李志，一起听李志的歌成了我们每天必做的事情，约定以后一定要听一场李志的现场演唱会。

那个年纪，爱情没有什么目的，因为对象是你，即使异地，我也乐在其中。

我总觉得我们会一直走下去，毕竟结婚这件事，除了和你，我也没想过别人，我想着毕业后就去你的城市，我们一起攒钱，买房，结婚，生一个像你的女儿。

每次我们聊起将来的时候，你总说好，因此我也从没想过放弃，但我没想到的是，最先说放弃的，是你。

你说你原本以为异地再难，为了我也一定能够熬过去。一个人吃饭，一个人逛街，一个人睡觉，这些都没有关系，但是一个人生病，一个人做手术，你一个女孩子真的撑不下去。

你想要一个温暖、踏实的拥抱，而我只能在电话这头叫你多喝热水。

我的关心，在距离面前，显得苍白无力。

我是爱你，但我不能剥夺你追逐幸福的权利。

你说分手吧,我说好。

挂掉电话的那个瞬间我就后悔了,连夜买了一张去郑州的机票,我知道买了这张机票,我这一个月吃饭都会变得困难。但比起食不果腹,我更想飞到你身边告诉你,能不能为了我再坚持一下。

那时候距离我毕业不到一个月,我还没告诉你我已经做好了准备,陪你到郑州打拼出一片天地。你打电话过来说要分手的时候,我刚熬完两个通宵,完成我的毕业设计。

我不知道是我累了,还是憋着一口为什么你不理解我的气。挽留没有说出口,你离开了我,我甚至不知道你后来去了哪里。

手机充了一格电的时候,我给你打了最后一个电话,这次没有提示关机,但电话响了很久,意料之中的,你没接,我一口干了那碗胡辣汤,在人来人往的早餐店哭成了泪人。

我不知道别人怎么看我,但我不在乎,反正这个城市除了你,也没人认得我。

2015年的时候李志巡回演唱会的最后一站,在北京,日子很好记,6月27日,是你的生日,我去了现场。

全场上万人大合唱《关于郑州的记忆》的时候,我吼得声嘶力竭。关于郑州我想的全是你,关于郑州我爱的全是你。

那年夏天,没能对你说出口的话,我在他的歌里,唱给你听。

后来我也曾路过郑州很多次。

后来我也曾偷偷地想过你。

后来我们都默契地选择不再联系。

那串烂熟于心的电话号码,我再也没有拨出去,我怕拨过去,语音会提示"您拨打的电话是空号",我会失去和你仅有的一点儿联系。更怕我拨过去,听到你的声音我会哭得泣不成声。

不是每一段感情都一定要有一个结果，爱过终有痕迹，你也终究会到达一个没有我的目的地。

每个人的心里都有一个不愿提起的城市和一个不敢想起的人。

不愿提起的郑州，不敢想起的是你。

你坐过火车的硬座吗？摇摇晃晃一整夜，不敢伸腿，怕打扰邻座，不敢熟睡，怕有人偷东西，坐到屁股发麻，骨头几乎要散架，在广播响起的时候，你才勉强活过来。

"郑州站，到了。"

PART 8

所有的等待，都和你有关

相爱的人总归是要在一起的，此时我还一个人，不过是为等一个最合适的时间，最合适的地点，和最爱的人在一起恰逢花开。

59 一封信，写给想要和好的你们

分手一个月内，如果你问我："我发现我还是喜欢她，能去找她复合吗？"

我会和你说，千万不要。

分手一个月后，如果你问我："我发现我还是喜欢她，能去找她复合吗？"

我的答案是，如果分开的原因不是原则性问题，双方还是单身，我鼓励你去。

毕竟人山人海，遇见一个你想谈恋爱的人，真的不容易。

一封信送给想要和好的你们。

分手那天，你问我：

"你觉得我们之间还有可能吗？"

我沉默了很久，告诉你，也许有吧，但很难。

其实从一开始，我们就知道我们走到最后有多难，我们的家庭和生活习惯完全不同，家人也不支持我们在一起，在现实面前，爱情是如此的不堪一击。

只是不同的是，我选择了坚持，而你，选择了放弃。

我想象过没有你的生活，而现在的我，没有你，也确实在努力习惯一个人好好过。

我可以一个人去看最新上映的电影，也可以一个人撑伞走过下雨天。

和你分开以后，我好像变得自由了。

我再也不用委屈自己，迁就你了。我应该感到轻松的。

我终于可以肆无忌惮地吃麻辣烫，再也没有你在旁边念叨我，告诉我麻辣烫不卫生，吃了会闹肚子了。

想想也是，我们太不合适了。我喜欢大海，你喜欢高山；我是没那么温柔的北方汉子，你是没那么不讲理的南方姑娘；我是急脾气，你是慢性子，每次吵架我朝你发脾气，你都冷静地一言不发，然后钻到我怀里，好像我一拳打在了棉花上。

像你说的，和你在一起，我经常发脾气。

所以我以为，分开后，我一定能轻而易举地放下你。

我给自己找了很多事情做，让自己忙到没空想你，可是没有用，我的白天容不下你，你就出现在了我的每一个梦里。

我试图用酒精麻痹自己，可是依然没有用。清醒的时候，我还是会发了疯地想你。

我想你，想你的工作进行得顺不顺利，那个难搞的上司有没有继续为难你；想你是不是还和以前一样，习惯在下班的时候，在公司楼下买一个煎饼果子带回家；想你是不是还是会忘记出门前要带什么东西，等着我提醒你。

对不起，我好像没有自己想的那么坚强，可以在没有你的世界里独自行走。

我可以忘了今天是星期几，可我忘不掉你。就像我不能预测明天是晴是雨，却无比确定，明天我依然爱你。

前几天你问我过得好吗？我说很好。

其实我想说我很好，只是很想你。

想问你，我们和好可不可以。我不要你刚好成熟，毕竟我也没有刚好温柔,为什么一定要等到稳定了才能在一起。

为什么明明你也很爱我,却不能给我们一个好的结果。只要你勇敢,我们又凭什么要错过。

我们和好吧,能够陪着你,苦一点我也愿意。

我们和好吧,今年的冬天真的是冷得出奇,冷到我只想搂你在怀里。

我们和好吧,忘记你太难,还是喜欢你,我比较擅长。

60 如果是你，晚一点也没关系

这是一个双向奔赴的故事，一切都是那么的刚刚好。

成长的路上，虽然 M 先生远走他乡，但风筝的线轴一直握在 W 小姐手上，所以，她一直都知道风的方向，也知道她总会等到那个要相伴一生的人。

W 小姐离开家乡，只身一人在北京打拼，住在租来的房子里，领一份不菲的工资，尽管有时加起班来也会感到疲惫，但生活过得很充实。如果硬要说有什么不如意的地方，那就是已经二十五岁的她，感情史仍旧空白。

W 小姐五官端正，相貌挑不出什么毛病，组合在一起看着很舒服。按理说找个男朋友不是什么难事，朋友也有心给她介绍，但她都一一回绝了。理由很简单，她觉得她要找的是搭伙过日子、互相看一辈子也不觉厌烦的人，那些风花雪月的小暧昧她玩不来。而她单身这么久，确实也没能遇到一个比 M 先生更懂她、更让她心动的人。

可惜 M 先生是她大学时期一个社团的高年级学长，比 W 小姐高两届。有着标准的男低音声线，这让喜欢好听声音的 W 小姐毫无招架之力。况且他在其他方面也完美满足了 W 小姐对于伴侣的想象：比她高十几厘米，写一手漂亮的字，学习成绩优异，重点是也没谈过恋爱，这对于有感情洁癖的 W 小姐而言，最合适不过。所以在青春荷尔蒙躁动的年纪，W小姐完完全全把这样一个人惦念在了心底。

只是M先生毕业以后直接出了国，所以W小姐什么也没说。只是在心里告诉自己，能陪自己走完一辈子的人就是他了，除了他，再没人更合适。

年关将近，为了躲避七大姑八大姨的相亲大计，W小姐决定留在北京过年。

一边在电话里和母亲说明自己工作没整理完无法赶回家过年，一边走进了小区的电梯。再三和母亲保证年初五一定回家后，终于结束了通话，和同在电梯里的苏阿姨问了声好。苏阿姨听到她过年不回家，忙邀请她一起吃年夜饭，说是多双筷子的事，她来了正好热闹些。W小姐拗不过只好答应了下来。

苏阿姨住在隔壁，也是W小姐的房东，为人很是和善，做了什么好吃的都给她送点儿过来，说她一个小姑娘在外打拼不容易。当然苏阿姨还有一个身份，那就是M先生的母亲。

加班几个晚上，终于完成了手头的工作，除夕也随之而来。

W小姐被苏阿姨请到了家里，任务只有一个，安心坐着看电视等着苏阿姨的"满汉全席"。玄关传来开门声，几年来只在社交软件上简单问候过的人突然出现在了眼前。

M先生一身笔挺的西服，拖着行李箱，想来是刚下飞机，直接到母亲这来了。见到她，M先生倒没惊讶，笑笑打过招呼后便回自己卧室整理去了。W小姐想，他果然还是记忆里的样子，只是又多了几分成熟稳重，恰好成了她更喜爱的样子。

吃过饭，M先生邀请W小姐一同去北街看焰火晚会。虽然对于焰火晚会并不感兴趣，但又不好意思拂了M先生的好意，而且能和他一起走走也不错。

到了北街，人潮涌动，到处都是节日的气氛，W小姐正努力挤出人群跟上M先生，手就被握住了。"抓紧了，待会儿走丢了，我可不负责。"M先生在她耳边低低地说。W小姐脸一红，糯糯地答应了声，由着M先生牵着她往前走，自此以后，再没放开她的手，一走就是一辈子。

要让M先生说是什么时候喜欢上W小姐的，那可能得追溯到W小姐大学刚进社团的时候。明明是南方的姑娘，咬字难免不准些，却总是在二教的楼梯间里反复练自己的配音稿，想让自己变得字正腔圆些。那时候，因为社团零七碎八的琐事烦闷的M先生，总能在听到她糯糯的嗓音时，莫名地静下来。也许是她独特的嗓音，也许是她比别人更顽强的毅力，在那时候M先生便认定这就是他想要的女孩。

之后因为出国的事情，M先生不得不搁置了感情，于是他把W小姐介绍到自家母亲那儿租房子，让母亲帮忙照看，自己先拼搏个几年，给两个人的未来打好基础，毕竟有些事急不来，而且他的女孩，跑不掉。至于W小姐喜欢他这件事，M先生早在迎新晚会不经意瞟见她配音稿上满面都是自己的名字时便已了然于心，只是W小姐不知道罢了。

而且就算不在身边，M先生也时常会和W小姐联系，知道她和他一样，一直一个人，也知道她和他一样，在等一个适合的时机开始这段感情。最近听母亲说W小姐母亲那边又开始逼着相亲了，便有了这次蓄谋已久的告白，他的姑娘，终归还是要到自己身边来。

岁月那么长，你等的人会在阳光正好的那天，乘风而来。在那之前，你先去读你的书，他也去做他的事，总有一天你们会坐在一起听同一段音乐，看同一部电影。

相爱的人总归是要在一起的,此时我还一个人,不过是为等一个最合适的时间,最合适的地点,和最爱的人在一起恰逢花开。

既然已经认定,最后那个人只能是你,那么再等等又有什么关系?

61 原来你就在身边

从青梅竹马变成情侣，是会更亲密还是会没有新鲜感了呢？

分享一个女孩和她的"大熊"的故事，千万不要忽略那个一直给你力量，陪在你身边的人哦！

我和大熊走到一起的时候，身边的朋友都觉得震惊。

毕竟我们打娘胎里就认识，彼此太过了解，谁都没有办法想象，我们俩在一起谈恋爱是什么样子。

说实话，就连我们自己都不知道。

我没想象过，我对他的依赖是喜欢，他也后知后觉，他对我的包容有可能是因为爱。

大熊在别人眼里就是块木头，无趣得很，而我是个话痨。他和别人说话基本不超过三句，和我却能说上三个小时都不停歇。

我和谁说话都滔滔不绝，唯独在和他的交流中，会安静聆听。

外人都说我这人高傲得很，只有大熊知道，我到北京的第一年，丢了第一份工作，差点儿交不起房租的时候，也倔强地不和家里要一分钱。那个差点儿被房东赶出来的晚上，我给他打电话，我们俩一句话没说，他在电话那头听我哭了整整半个小时。

别人只知道我刀枪不入，不需要任何人照顾。他却能在接起电话听到我声音的那个瞬间，就听出我的软弱和退缩。

最后他以出差为由，从上海来了北京，只陪我吃了一顿饭，又连夜赶回了上海。

他没和我讲什么大道理，只是说了一句"我相信你，你有能力做自己喜欢的事情"。我就觉得我之前的逃避和放弃，都对不起当初信誓旦旦说要闯出一片天的自己。

他离开北京的时候很放心，我也重拾了信心。

外人都说大熊这人木讷，不论多大的事都激不起他情绪的波澜，只有我知道，在他外公去世的时候，他拉着我在公园喝了一夜的酒。

在他面前，我从来不需要假装。他在我这里，也从不需要任何隐瞒。我们一直都知道，尽管毕业后我们不在一座城市，但只要一个电话，对方肯定会在第一时间赶到。

我们是这个世界上最了解彼此的人，却没有谁在爱情的世界里迈出过一步。

作为朋友圈里的单身青年，不管谁问起我们为什么不谈恋爱，我们都说没有合适的。

一直到去年，我们在一起的那一天，我记得很清楚，那天是白色情人节，我们应邀去参加小学同学的婚礼，结束后，我念叨了一句，有对象真好，有人宠有人疼，不像我一个孤家寡人，回家还要被爸妈催婚。

大熊难得没有说话，一路沉默，送我到我家楼下的时候，从兜里掏出一块喜糖盒里的巧克力，递给我，一脸正经地看着我说了一句："要不，你就委屈点，栽在我手里，行不行？"

我在原地愣了很久，看着他，还好他的眼神足够坚定，除了一丝紧张，没有任何迟疑。

我说那可不行，怎么说，我人生中第一次接受的表白也要浪漫一点儿。

他看着我笑得一脸宠溺，像是怕我反悔一样，把我的手拽得很紧。连说了好多句"是是是，遵命！"

我掩不住笑意，让他严肃一点。

就这样，我们在一起了。

幸福不过就是兜兜转转绕了一大圈，回头看才发现，最适合的那个人就在身边。

相爱不过就是，我甘愿栽在他手里，认定他一辈子都不忍心让我受一点儿委屈。他乐意宠我上天，信我不会无理取闹，对我更加珍惜。

62 因为我有了你啊

很幸运,因为"程一电台",我能够陪伴很多朋友度过孤独的夜晚。他们也向我敞开心扉,讲述自己的故事。我希望,当你感到寂寞、委屈、想找人聊天的时候,都能想到我,我会一直都在。

前天下午,我收到了朋友给我发的一条微信。

里面写道:"最近自己不知道怎么了,遇到一个问题卡住就控制不住想哭。感觉自己孤立无援,根本没有人想要帮你。"

因为当时我在忙,我们俩没能继续聊下去。

朋友是一个很少会在别人面前暴露自己情绪的人,收到她这样的一条消息,其实我的心里是有一些不安的。

想来她当时一定特别委屈吧,所以才会迫切地想要找我说说话。

哪怕我不能立刻出现在她的身边。

哪怕我压根没有时间听她说她现在正在经历着的一切,但是只要能够确定我在,那就够了。

所以后来直到我下班了才找她,她也没怪我,反而告诉我她已经没事了,让我放心。

老实说,我真的有点儿不太放心。

一个人难过其实有办法可以立刻解决，爱吃的人，一块蛋糕、一顿火锅，就能暂时解放心里的那点儿阴郁；爱玩的人，蹦一次迪、喝一杯酒，就能暂时解开心里的那点纠结。

唯有委屈，是没有办法立刻就忘掉的。

它需要有别人的理解和陪伴。

需要被关心、被照顾、被迁就、被保护。

如果这些都没有，那么只会越来越委屈。

看《一天》的时候里面有一幕是德克斯特给艾玛打电话："我想找个人说说话，不是找个人，就想和你说。"

当时艾玛在忙，所以对颇有些无理取闹的德克斯特倍感无奈。

然而她仍旧迁就了这个男人的孩子气，做了那个陪他说话的人，也是从那个时候开始，德克斯特终于慢慢明白，艾玛对于自己来说，是一个不可或缺的人。

人都是这样的，哪怕平时威风凛凛，一旦受了委屈，就好像失去了全身的力气，只想找一个可以让自己依靠的人。

许多年前看过一本小说，名字叫《十年一品温如言》，阿衡跟言希说："言希，我不委屈，一点儿都不委屈。"

言希问她："既然不委屈，你又哭什么？"

阿衡说："不知道，本来不委屈的呀，看到你，就委屈了。"

那时候我也没懂为什么阿衡要哭，等到后来长大了也就明白了。

一个人的坚强和懂事，其实都是因为孤独，因为没有人可以依靠，所以不能委屈。

而一旦有了自己想要去依靠的人，那么哪怕是一点点的小事，都会觉得自己受了天大的委屈。

我有个朋友自从"脱单"后，整个人都变了一副模样。

任谁都想不到,曾经那个在职场上披荆斩棘的"女魔头",会窝在自己男朋友的怀里吐槽客户有多难搞。

她男朋友也很讶异,问她:"以前我怎么从来没见过你这样?"她回答说:"现在不是有你了吗?"

因为现在有你了,所以我受不了一点点的委屈。

因为现在有你了,所以在我遇到什么事的时候,想到的第一个可以依靠的人,就是你啊!

这种特别的对待,是信任,也是爱。

63 我不喜欢意外，但你是例外

时常做一个梦，梦见我变成了一个二十岁出头的男孩，意气风发，敢爱敢恨。

恍恍惚惚，真真假假，好像是在梦里，又好像真实地发生过。各位听过这个故事的朋友们，如果你遇见了这样的一个人，或者找到了那个叫"后来"的酒吧，请记得告诉他，遇到了，就一定要珍惜。

我的酒量很好，比这座城市里大多数二十多岁的年轻人都好。爱情、事业，在这个什么都没有，但又什么都想要的年纪，喝酒算是我最大的消遣。

出了我的住处左转，走一百五十米，再左转，走三百米，那里有一条酒吧街，到了晚上，灯红酒绿，人来人往。

我常去一家叫"后来"的静吧喝酒，一次一杯，绝无例外。"后来"里有个喜欢戴着鸭舌帽的驻唱歌手，他每天唱的第一首歌都是刘若英的《后来》。

一个大老爷们儿，一点儿都不爷们儿。

我遇见过一个女孩。一个喜欢蹦迪的女孩。

她忘记自己是从什么时候开始喜欢上了蹦迪。

在这座拥挤却又冷漠的城市里，她迷恋摇晃给她带来的愉悦，习惯化紫色的眼影，抹正红色的口红，跳进舞池冲着陌生人大笑。

与其他爱泡吧的人不同,她从来不喝酒,也绝不跟不认识的男人回家,这是她的原则。

很可笑是不是?可笑又怎样,她不需要任何人的理解,也没空去理解任何人。

第一次见到她的时候,我刚从"后来"喝完一杯啤酒出来,晚上十点,"妖孽"横行。

她素面朝天,穿着一件纯白的T恤和一条浅色的牛仔裤,大摇大摆地走着,脸上带着明艳的笑,我多看了她一眼,谁知道她竟然轻蔑地回我:

"看什么看,没见过美女啊?"

我笑,在这条街上混的人,谁会没见过美女。可是这样的美女,我倒真是第一次见。

后来她才和我说,她很少和陌生人说话,我是第一个。

那天她路过"后来"的时候,本来是想进去看看的,这条街她一个星期会来三次,每次都会经过这家店,但是从来没有进去过。

她说她不喜欢它的名字,矫情,那天之所以想进去,是因为她早上起床发现脸上有点过敏,没化妆就去蹦迪,总觉得少了点什么。

她长得算不上好看,网上说一个男人对一个女人一见钟情的时间是8.2秒,我盯着她看了30秒。

30秒后,我走了过去。

"喝一杯吗?我请你。"我说。

她假装冷静,抬了抬下巴说:"好啊。"

我轻轻地和她碰了一下杯:"这是我第一次一天喝两杯酒。"

她笑了笑回我:"这是我第一次和一个陌生的男人坐在一起喝酒。"

她的香水很好闻，是淡淡的柚子味儿，我不知道该和她聊点儿什么，她一直在听驻唱唱歌，偶尔还会哼两句。她的侧脸很好看，浅浅的梨涡，长长的睫毛，我好像，光顾着看她了。

　　驻唱歌手一共唱了三首歌，听说在我们进来之前，他还唱了一首《后来》。我是一个不会聊天的人，所以很努力地把自己的注意力都放在他的歌上。

　　可是，我旁边的这个女人，总是忍不住吸引我的目光。那一刻我跟自己打赌，如果她再和我对视一次，我一定去要她的微信。

　　她转过来了，我们对视了。

　　"你经常来这里？"没想到的是，我们同时开口了。

　　我笑了笑："我喜欢他们家的啤酒。"

　　她显然不信："啤酒哪里都可以喝。"

　　我无奈地解释："我不是你以为的那种人。"

　　不对，她好像更怀疑了："哦？我以为的哪种人？"

　　为了不让她继续误会，我再次解释："我喜欢喝啤酒，但是一天只喝一杯，我看上的姑娘，也只会喜欢她一个。"

　　她低头笑了笑："哦？那你，今天喝了不止一杯。"

　　"那是因为，我遇见了你啊。"说出这话的时候，连我自己都有点儿没反应过来。

　　谁知道这姑娘不买账："我从来不相信一见钟情这种鬼话。不是我对自己的脸没信心，而是我对只看脸的男人没信心。"

　　哎……说是冲动也好，本能也罢，我还是第一次这样迫不及待地向一个姑娘解释自己，我不想让她误会，更不想错过她。

　　我想亲她，就现在。

　　我亲她的时候，很害怕她会躲开，好在，她没有拒绝。

　　我说："以后你就是我的女朋友了。"她很惊讶，但意外地没有拒绝。

我问她为什么是我？

她说："因为，你是我的例外啊！"

我不喜欢意外，但你是例外。

64 好想有个人，坚定地喜欢我

我想你一定听过那句话"如果你爱我，请深爱"。

在一段感情中的患得患失，往往都是因为彼此不够坚定，总是下意识地留下后路或者在暧昧中不停试探。分享下面的故事给需要勇气的你。

我想过很多次，以后要谈一场什么样的恋爱。

大概就是那种两个人在相爱的前提下，哪怕是吵架，也能吵着吵着然后相视一笑就此讲和的恋爱吧。

但是现在大多数的恋爱都是吵架时声嘶力竭，吵完后心有芥蒂。

我真的很讨厌在一段关系里，需要去猜测你到底爱不爱我的那种感觉。

因为特别在乎你，所以总是想要从你那里得到同样确切的回应。

想要我的副驾驶上只能坐你一个人；

想要你的微信置顶只有我一个好友；

想要你拒绝所有的应酬来跟我约会；

想要你的项链和耳环都让我来买；

想要你在跟我说完晚安后就真的去睡；

想要你能把我介绍给你所有的朋友；

想要你不仅让我住进你的家里，还能住进你的心里。

如果不行的话，我就不想谈恋爱了。

我想要的是那种坦坦荡荡的爱情，年纪大了，暧昧这种东西，我不想玩，也懒得再去参与了。

我不想在付出了满腔的期待以后，得到一句"我们只是朋友"。

我不想在陪你走完一程以后，你却去牵了别人的手。

我不想总是被需要，却从未被坚定地选择过，哪怕只有那么一次。

你想要空间和自由，我都可以给你，但是你要记得回家。

你向往高山和大海，我都可以让你去看，但是你要记得我才是你的风景。

你喜欢黑夜里的星辰，我可以送你出门，但是你要知道有一盏灯只为你留。

任何人都不是非谁不可，你是，我也是。我希望爱情能够给我们带来的是甜蜜和幸福，而不是猜测和冷战。

如果我爱你，你也爱我，那么我们就抓紧时间一起好好相爱一场，不要去管别人怎么看，只要我们彼此坚定，彼此信任，那就够了。

我希望我们在一起的时候，我们不需要去羡慕任何人。

我希望我们在一起的时候，我们也不用去担心任何人。

这种踏实而稳定的爱情，才是让我付出真心的理由。真正的喜欢，就是让对方放心，也让自己放心。

在没有遇到这样的人之前，我不想谈恋爱。

所以如果你不是真心喜欢我，请你离我远一点，我要的是特别坚定，是有且仅有，是万里挑一。

65 找一个懂你委屈的人在一起

伤心难过的时候,别人问起你,你总说"没关系"。但其实,你只是还没遇到那个可以让你放心哭出来的人。毕竟,不是谁都能担得起另一个人的眼泪和情绪,就像薄荷小姐,她的委屈只有叶子先生才懂。

薄荷小姐肠胃炎犯了,从夜晚到天亮,整整疼了一个晚上,愣是忍着没吱声。自己在床上疼得死去活来也没叫醒舍友陪她去看病。到早晨大家出门上课,舍友发现她不对劲,问她怎么了,她也说:"没关系,不是很疼,但我可能要请个假,我想我需要去趟医务室。"然后自己穿好衣服缓缓挪到了医务室。

挂号,问诊,一系列流程折腾下来薄荷小姐的脸上已经看不到一丝血色。做血常规的时候医生说:"姑娘,扎手指可能会有点疼,你忍忍。"她也说:"没关系,我可以。"

一个人安静地待在医务室的长廊上等着检验结果的时候,薄荷小姐想着还是给男友叶子先生发个短信,告诉他自己在医务室,不能和他一起吃早餐了。

墙上的时钟滴答地走,明明只有一小会儿,却感觉有一个世纪那么漫长,腹部的绞痛也没有缓和的迹象,薄荷小姐只能坐在走廊的长椅上用手使劲抵着腹部,蜷缩成一团。

听见开门的声音,抬头看见叶子先生推门进来的时候,薄荷小姐一瞬间瘫软了下来,伸手要抱。一直到叶子先生把她抱在怀里,她才满脸委屈地说了声"疼"。然后哭得泣不成声。

有些时候,一个人不哭,不代表她不痛。

她不哭,是因为她知道,没有那个特别的人在身边,她的眼泪没有人会怜惜,她的伤痛没有人能治愈。

其实没有人是坚不可摧的,只是不想让不相干的人看见自己柔弱的地方,将软肋隐藏,就可以防止它变成别人刺伤我的利剑。

而之于爱人,便无所谓示弱,因为爱你,所以相信你不会伤害我,因为爱你,所以想要你更多一点的疼惜。

我本来不委屈的,但是看见你,我就忍不住泪水决堤。

66 我爱你，从来都只是因为你是你

在我看来，爱情与年龄无关。真正爱你的人，不会在乎你的年纪、你的家庭。

就像木头，他喜欢林子，从来都只是因为她就是她，和其他的一切都没有关系。

林子和木头在一起的时候，我们都觉得她是从上一段恋爱中受了打击，所以才会选择和一个比她小五岁的男孩子谈恋爱。林子很优秀，以前追她的小男生也不少，但她都以不喜欢姐弟恋为由拒绝了。

可是当林子带着木头和我们一起吃饭的时候，我就肯定了，不是林子疯了，这次她是真的找到对的人。成熟这种事情从来和年龄无关，多的是三十多岁还在家啃老，每天只知道打游戏，连份工作都没有的老男孩。

也不是没有在二十几岁就规划好自己的未来，并且能够成熟、坚定地一步步朝目标迈进的男孩子，比如说木头。

木头是林子邻居家的小孩，从小就是林子的小跟班。我们也时常听林子提起他，因为他从来不隐藏对林子的喜欢，也不曾开口叫过林子姐姐，每次林子把他当小孩子对待的时候，他都会不高兴。

那时候我们都把一个十六岁的男孩说的"等我长大就娶你"

当作一句玩笑话，但说这句话的那个人却认认真真地把它当作一辈子的承诺去做了。

　　林子上完大学留在了上海工作，他便追随林子去了上海的大学，不论多忙，他都会坚持每天给林子打一个电话。电话大部分时候都没有什么实质性的内容，林子也问过他明明没有什么重要的事情，还要每天都打电话，他说："我只是想让你知道，只要你需要，我一直都在。"

　　说不感动是假的，毕竟每一个女生都渴望被宠爱。

　　而林子接受木头是在她工作的第二年，一个人在上海打拼，前男友是自己的上司，在她不小心撞见他出轨自己的秘书后，她毅然选择分手并辞职。

　　爱人没了，精神支柱倒了；工作丢了，经济来源断了。

　　林子生了一场大病，半夜，发烧到39℃，不敢打电话给父母，也没有住在附近的朋友，而木头的学校就在附近。拨通他电话的时候，林子哇的一下就哭了。

　　木头丝毫没有因此乱了方寸，理智地在二十分钟内从学校出来，把林子带到最近的医院，挂号、问诊，有条不紊地把一切都安顿好。当他拿完药，抱着打点滴的林子说"宝宝，别怕"的时候，林子所有的不安、顾虑都放下了。

　　那是第一次，她意识到眼前的这个人不再是一个什么都不懂的小孩子了，他长大了，甚至比她想象中的更成熟，虽然比她小许多，却能给她别人给不了的心安。

　　在外人面前，林子永远是一副刀枪不入的样子，即使是像我们这样熟识的朋友，她都不曾在我们面前暴露过脆弱无助的一面，大部分时候都是她在开导我们。

她说:"你相信吗?和他在一起的时候,我才是被照顾的那一个。他甚至比我更了解我自己,我丢了工作,没有信心的时候,是他理智地告诉我,不同的工作,利弊是什么,并鼓励我去做自己想做的。

"我处理不好和家人的关系,所以逃到了上海,但他每周都会给我父母打电话,陪他们说说话,让他们放心。

"每次我们出门旅行,都是他提前规划好一切,我什么都不用担心,只要完全放松地享受风景就好。

"我以前总觉得喜欢一个人就是要不断地付出,是他让我知道,我也是需要被人照顾的。"

要知道,女生不管多大年纪,都想要被宠,被疼爱。她们害怕受伤害,害怕有人来了又离开,害怕那句甜蜜的承诺不会有结果,她们满身是刺,只有在遇到那个对的人的时候,才会变得柔软。

林子和木头在去年结了婚,婚礼上,林子一脸娇羞,笑得像个孩子。其实在这段感情中,林子不是没有动摇过,别人的不理解,现实的打击,但每一次,木头都能够坚定地告诉她,不论别人怎么说,他都会站在她身边。

所以你看,不成熟的人,等他到四十岁,他也依然没有真正地长大。而真正爱你的人,从一开始就会为你变得成熟,为你撑起一片天地,给你一个家。

PART 9

世界和我,你都不曾错过

我知道,余生很长,也知道前路艰难,
但只要足够努力,每一刻都是最好的自己。

67 没人给你光亮，那就成为自己的太阳

也许刚毕业时，你也曾有过这样急于证明自己的心情。但无论何时，家人是你最大的依靠，分享下面这个年轻男孩的故事，希望你在奋斗的路上也不忘常回家看看。

深夜 2 点 47 分，我妈第三次敲开了我的房门，告诉我时间真的不早了，一定要睡觉了。

我敲着键盘，随口答应了一声："好，我弄完这一点儿就睡，妈，你早点儿睡吧。"

然后继续自顾自地敲着键盘。合上电脑的时候是凌晨 4 点 59 分，天边已经泛白，我听见客厅有电视播放的声音，推开门，我爸立马从沙发上坐起，迷迷糊糊地问道："崽崽弄完啦？怎么样，饿不饿，爸爸给你煮个面条吧，现在几点了？你啊你，在家都这个样子，一个人在外面让我们怎么放心。"

边说边跟跟跄跄地走向厨房，我在房间门口愣了很久才反应过来，我回家了。

是的，我回家了。这里不是那个冰冷的、没有一点儿人气的、十几平方米的出租屋。是真真切切的，有爸妈照顾，有人担心我有没有吃饱穿暖，不管多晚，都有人为我煮一碗热气腾腾的面条的，

曾经我想回却害怕回的那个家。

这是我毕业的第二年，过年回家却赶上了疫情，所以暂时就留在了家里工作。

我是小地方的人，太多人告诉我，回来吧，找个好老婆，生个孩子，有个稳稳当当的家比什么都强，你一个农村的娃总不能在外面晃荡一辈子吧。

可我不甘心，我苦读多年，重点本科毕业，怎么能还没试一试就放弃？

工作的这一年，我吃遍了各式各样的外卖，周末总是一个人窝在十几平方米的出租屋里，除了外卖和快递小哥，谁都不想见。

因为害怕听到别人的否定，我宁可一个人在外面跌得头破血流，也不会告诉家里人我在外面过得不好。

我知道我爸想我了，因为每天我的微信运动都会提示我：老爸刚刚给你点了一个赞，但我不敢给他打电话，因为我下班的时候常常已经是凌晨一两点。

都说人越长大，就越害怕。

我想是吧……我不敢发情绪低落的朋友圈，怕父母看到会担心，不敢回家，怕亲戚朋友的询问，也怕自己会退缩。

这一年，我很努力地工作，虽然到年末的时候还是没剩下多少钱，但老板在年会上当着所有人的面夸奖我。

虽然我现在还是住在那个十几平方米的小出租屋里，但在一场肠胃炎后，我学会了自己做饭；和同事熟悉之后，我的周末也不再单调；我攒钱换了新手机，开始拍很多照片，有自己的也有风景的，随手转发给父母，让他们知道我自己一个人，也能过得很好。

我甚至开始期待，某天我会在一个街道拐角与那个她不期而遇，我会从她的眼睛里看到我更好的样子。

虽然这一年没有取得多好的成绩，但好在，父母身体健康，自己也还没有放弃理想。

从现在起，我会对自己好一点。不念过去，不负现在，才能不畏将来。

没人给我光亮，那就成为自己的太阳，只要我的心中有光芒，总有一天，我会活成自己想要的模样。

68 给妈妈的一封信

就中国人的习惯来说,"我爱你"三个字对于爱人尚且羞于开口,对亲人更是很少提及。

我们的文化讲究含蓄,却错过了很多表达爱的机会。

这篇文章献给每一位母亲,希望你读过之后能给她一个拥抱,对她认真地说出那三个字。

我是不怎么喜欢我妈妈的,每次别人夸我妈有多好的时候,我都会想起她的一大堆缺点。

她爱说谎。总是会在早上7点就来敲我的房门,告诉我8点了,要起床吃早餐了。小时候也总骗我说小孩子不听话,会被大灰狼抓走的。

她爱唠叨。每次来我房间,都会一边收拾一边责怪我懒散,衣服扔得到处都是。好多话,我都不知道她到底要说多少遍才是个头。上学的时候她每天都说,让我好好学习,将来一定要考一个好大学。好不容易上了大学,她又开始四处张罗,让我上点儿心,找一份好工作。

终于现在工作也稳定了,她又开始着急为什么我还没有对象。了解我身边出现的每一个异性,是她每次给我打电话的必修课。

她爱瞎操心,每天都会给我发一些莫名其妙的文章,今天看新闻说什么不能吃,明天说哪个牌子的衣服质量有问题了。我的每一条朋友圈她都会点赞，别人都可以在朋友圈发减肥，吐槽自己"月光"，我不能，如果我发了，我妈一定会在下一秒打电话问我怎么了。

曾经很长一段时间，我都怀疑她一点儿也不爱我，我也很少主动联系她，每次都是她打电话给我，匆匆忙忙叮嘱几句，就被我一句"工作忙，下次再说"打断了。

但我知道，很多的"下次再说"都没下文了，我说的每一句"等一会儿"都是无限期的。

直到前些天，我偶然刷到我妈的朋友圈，写的是，算命的和爷爷说，他能活到九十岁，爷爷笑着说没关系，还能见孙子七次，足够了。

我爷爷今年八十三岁，到九十岁，还有七年。因为我在外地工作后，几乎都是到过年的时候才会回一次家。

我总觉得什么都是可以等的，她可以等我赚钱了，给她买好看的衣服，却忘了不管多好的化妆品都抹不平她脸上的皱纹。

我总想着，等我有空了，我要带着她环游世界，却忘了，再过十年，她可能腿脚不灵便，也就不愿意出远门了。

我其实一直都知道，她催我找对象，是怕她不在身边，没人替她照顾我。她在7点的时候骗我说8点了，是怕我不能按时吃早餐，胃病又犯了。

只是不知道从什么时候开始，和这个世界上最爱我的人说一声"我爱你"，成了最难以启齿的话。

看到那条朋友圈的那个周末，我回了趟家。和以前一样，从我打电话告诉她的那一刻，她就开始张罗要给我做什么吃的，要准备什么，到时候可以让我带着，甚至开始时刻给我播报家里的天气，生怕我下车的时候冻着。

回家的那一天，她准备了一大桌吃的，我却吃得很少，我说我在减肥，早餐吃个鸡蛋和一根黄瓜就够了，家里没有黄瓜，要不就煮两个鸡蛋吧。

第二天我起得很早，7点我准备去陪我爸晨练，却看到黄瓜已经切好摆在餐桌上。

我家是小地方，离我家最近的超市6点半开门，离我家有十多分钟的路程，她一定是6点就出门，等着超市开门，就因为我随口说了一句想吃黄瓜。

原来真正爱你的人，你一句无心的话，她都会记挂好久。

我走的时候她照例把我的行李箱塞得满满当当，生怕我在外面吃不好，穿不暖。

我知道，她从没说过一句爱我，却比这世上任何一个人爱我更多。

我知道她要的很简单，只要我平安幸福，只要我时常给她打电话，和她说上几句话，就已经很知足了。

只是她付出的太多，多到我总觉得她对我的好是理所应当的。

我时常和客户道歉，却从没和她说过一句"对不起"。

对不起，这些年让你费心了。

我总和陌生人道谢，却从没和她说过一声"谢谢"。

谢谢你，为了这个家的无悔付出。

我说过很多句我爱你，却没有一句是留给她的。只求时光再慢点，让我有机会能够照顾世界上最爱我的人。妈妈是个美人，岁月你别伤害她。

最后，妈，这些年，你辛苦了。还有，我其实，也很爱你。

69 你一定也想过放弃吧

放弃也许会很轻松，但想一想过去的那些坚持，我还是希望你能再努力一下。送给所有曾想过放弃，但还在坚持的你，别怕这漫长黑夜，梦想就在前方。

你有想过放弃吗？

放弃一份你喜欢的工作，放弃一个你很喜欢很喜欢的人，放弃一个你偶尔也会看不起的自己。

你一个人在外不管多冷多难，都不会躲进别人的怀里取暖。你离开家，离开父母，到了一个完全陌生的地方，追逐别人眼里微不足道的梦想。

你一定，也想过放弃吧？

放弃了，你可以一觉睡到自然醒，不用管迟到了主管会把你怎么样。

放弃了，你就再也不用伪装你有多坚强，连哭都不敢发出声音了。

但你没有，哪怕希望再渺茫，你也想要再咬紧牙关试试看。

哪怕你走了无数段漆黑的路，你也依然怀揣着希望，在出口的方向，会有你想要的亮光。

尽管现实总在你觉得生活充满希望的时候给你重重一击，你也不服输地一路跌跌撞撞向前闯。

二十二岁，你弄丢了人生中的第一份工作。

你不是没想过去放纵，去不管不顾地大醉一场。但你没有。因为那些喝醉了才能哭着说出来的事情，你不知该说给谁听。

你不是没想过麻痹自己，但你不得不保持清醒，因为你知道，在这座陌生的城市里，没有人会接你回家，再落魄你也不想醉倒在凌晨的大街上。

二十五岁，你依然单身。你也不是没想过毫无保留地去爱一个人，哪怕是个陌生人也好。但你没有，你犹犹豫豫地拒绝了那些别人觉得合适的追求者。只是因为不论生活对你怎么不好，你仍旧希望有那么一天，那个人会坚定地站在你的身旁，陪你应对生活给你的所有苦难。

一个人下班回家的路上，你依然习惯走到最亮的地方。

一个人窝在家的周末，你偶尔也会自言自语，像是在和另一个自己聊天一样。

一个人走在这座城市的夜里，你也还是会期待，有一天，其中有一盏灯是为你而亮。

那天，父母说，要不，回来吧。你在电话这头沉默了很久，努力掩藏自己已经哽咽的声音，深吸了一口气，最后还是倔强地说了一句"再让我试试吧"，然后匆忙挂断了电话。

你看，哪怕是最亲近的人，你也不想他们知道，你一个人在外面到底有多难。

你没和父母说过，以前一天不吃饭是为了身材，现在一天吃不上饭，是为了生活。

你没和朋友说过，你拒绝他们的邀请，是因为如果你去了聚会，月末的最后一周，你就只能吃泡面度过。

你没和那个离开你的人说过，比起现在两个人得过且过，你更想和他长长久久,细水长流。

你依然会为了一份喜欢的工作熬夜到天亮。

你依然期待,在不远的将来,那个懂你的人会乘风而来。

你依然相信,梦想再远,只要你一直朝前走,总有实现的那一天。

岁月给你无数的磨难,你也不会忘记给自己一颗糖,一如少年模样。

因为你相信你现在承受的所有苦难,终有一天,都会变成回忆里的甜。

不管黑夜多漫长,天也一定会亮。你要相信,没有到不了的明天,没有去不了的远方,没有你一辈子都遥不可及的梦想。

70 你有多久,没有放声大笑过了?

也许如今的你已不像当年那样肆意洒脱了,但这并不代表你已经丢掉了曾经的热情和最初的梦想,不要因为伤痛就停滞不前,拥有让自己快乐的智慧和能力,你才能走得更远。

上一次开怀大笑是什么时候,你还记得吗?是从什么时候开始,你连发自内心地笑,都变成了一种奢侈?又是从什么时候开始,哪怕被孤独追赶着无处可逃,你也不敢再接受别人的一个拥抱了?

过了随心所欲的年纪,你不再是那个肆意奔跑的少年,生活给了你无数个包袱,每一个都压得你喘不过气。你每一步都走得战战兢兢,如履薄冰,生怕稍不小心,就摔得灰头土脸。

曾经你以为喜欢一个人,就要和他在一起一辈子,却在他选择放弃的时候,冷静地接受了分开的结果。明明你也舍不得,却懂事地不再纠缠,放他走,给他自由,任由自己被回忆反复刺痛着。

大家都说,你成熟了,懂事了,学会为别人着想了。你学会了不再喜怒形于色,学会了不管多难都一个人扛着,也学会了委屈自己。

日复一日,年复一年,你每天走相同的路,过重复的生活,想不可能的人。你变得麻木,变得不快乐。

那些不敢同任何人说起的委屈,你只敢一个人偷偷躲在被窝里哭,那个在人前不敢轻易提起的人,你也只能在入夜的时候才敢把他小心翼翼地想起。

你习惯了在夜晚一个人消化一整天的不快乐，然后在第二天醒来的时候，假装什么都没有发生过，若无其事地继续生活。

你差点儿忘了，甩不开包袱是因为你顾虑太多，你怕失败，怕没结果；你差点儿忘了，卸下包袱，你还是那个自在如风的少年。

收敛锋芒不耽误你韬光养晦，生活总想磨平我们的棱角，但最初的梦想只要我们还记着，只要明天的阳光依然还亮着，总能开花结果。

失恋没什么了不起，不过就是痛彻心扉地哭一场，然后把那些刻骨铭心的记忆放在心底，任由时间流逝，一点点淡去。

那个让你哭得死去活来的人，总有一天，会被更好的人赶出你的世界。那个不会让你失望的人，正在赶来见你的路上，马不停蹄。你不过是经历了一段不那么完美的爱情，谁都无法剥夺你继续爱人的能力。

而那些你在酩酊大醉后才敢嘶吼出来的心事，也总有一天，能在清醒的时候被毫不在意地提起。

脆弱可能是你的软肋，但也可以是你的出口。所有苦难压得你喘不过气的时候，所有人都劝你放弃的时候，你都不要放弃你自己。我想你知道，好的坏的都会过去，只要有勇气重新站起，明天的朝阳一定会如约而至，踩着清晨最暖的风，赶来拥抱崭新的你。你看，只要你足够洒脱，过去的都是虚无的泡沫，比起昨天的遗憾，更重要的是明天如何好好过。命运无法让我们跪地求饶，那就逆着风继续朝前跑。

与其继续和苦痛拉扯，不如与孤独握手言和。无论生活给了你怎样的折磨，无论过去你经历了什么，未来都请你善待自己、好好生活，不管发生什么，你别忘了让自己快乐。

71 如果不开心,请你一定要说出来

一年前,我收到了阿文的私信,她说:"我活不下去了,有些话我不知道和谁说,只能和你说了,你不用回复我,我只是想找个人说说话。"

我和她聊了很久才知道,原来比起不健康,更难受的是不快乐。

那是我离抑郁症最近的一次。

聊天到最后,她答应我会积极寻求治疗,在世界没有放弃她的时候,绝不放弃自己。

现在,我把阿文的故事分享给你们,希望在"不快乐"被说出来的那一刻,我们都能释怀。这是一位重度抑郁症患者的自述,可能很压抑、很黑暗,但别怕,我们一起一定能找到光亮。

我叫阿文,一名重度抑郁症患者。

和大多数人一样,每天起床对我来说,都是一件很困难的事情。我会躺在床上,盯着天花板看很久很久,想很多。

只是别人都在思考怎么活下去,而我却在想,我为什么活着?

我对所有人和事都提不起兴趣,我做不到和人交往,我甚至做不到走出房间。我好像和这个世界有一道不可逾越的鸿沟,别人走不进来,我也走不出去。

我习惯把自己关在房间里,拉上窗帘,不让一丝光透进来。

偶尔有几天,我是清醒的,但我说不准是哪一天。

不清醒的时候，我会变得易怒，莫名对身边的人发脾气，其实我也不想，可我没有办法。

我不喜欢负能量，也不喜欢现在这样颓废的自己。

我曾经爱别人都是爱得毫无保留，我总是爱别人胜过爱自己，或许我应该像别人说的，爱别人之前，先好好爱自己，但我做不到。

从小，我就不是一个喜欢和人倾诉的孩子，我知道这是我自己的问题。

承受不住的时候，我写了很多日记，我不敢和周围的任何一个人说，但我需要一个发泄口。我就像一个灌满水的气球，我想有人来戳破我，又害怕成为任何人的负担。

我也想有个人能拉我一把，但我怕。我怕我的不理智，怕我太过颓废的情绪会让他们担心。我不想，不想伤害任何一个爱我的人，也不想打扰任何一个关心我的人。

我在清醒的时候写下这封信，是想告诉我的家人和朋友，我很爱他们，很爱很爱，可是我真的病了。我想和他们说一声，对不起。

对不起，我爱你们，但我做不到清醒地和你们说话。

对不起，我清楚地知道我需要你们的帮助，但我怕简单的倾诉都会是打扰。

对不起，我不是故意对你们冷漠，只是比起让你们担心，我更习惯孤独。

对不起，我成为不了任何人的光，但我还在很努力地做自己的太阳。

我很累，真的很累，我想过放弃的，但我舍不得。

所以我在积极地寻求心理治疗，医生说，如果我好好配合，就还有希望变得像正常人一样。

我还在写日记，但是比起之前的宣泄，我还会记下一些美好的事。

我还是会感到浑身无力，但我开始做一些简单的运动，挣脱那些想要吞噬我的绝望。

我尝试着拉开窗帘，看看窗外的世界，我尝试着走出房间，尝试着和我最亲近的朋友进行简单的交流——这世界，也没有我想象得那么不堪。

我尝试着拒绝孤独，尝试着和我的抑郁症握手言和。

我还在努力，努力不被这个世界抛弃，也请你们，不要轻易说放弃，我知道打败抑郁症真的很难，但我想再坚持看看。

总有一天，我会微笑着对我的抑郁症说一句，你好，再见。

以上是阿文写的话，一年过去了，她现在已经是个乐观开朗的女孩，她还是会听"程一电台"，也敢于开口对喜欢的人说爱。

我知道单单一篇文章不能治愈生活给你的苦难，我只是想你知道，在你不知道的地方，一定会有人偷偷关心着你，世界没有那么坏，还有很多人值得你爱。

72 莫负一生好时光

你是否幻想过这一生将如何度过？你会遇到什么样的人？做着什么样的工作？

我就曾幻想过这样的一种人生，不知道看过故事的你，会有怎样的想法？欢迎你来告诉我。

十八岁，你要高考了。

进考场前你有些紧张，反复地检查文具袋里的各种证件以及2B铅笔。

跟以往的考试不同，这次你身边的每张面孔都是陌生的，你深吸了一口气在心里默念了一句"加油"，然后排队进入了考场。

考的是你不太擅长的数学，大题有点儿难，有好几题都是你从没见过的题型，你急得手心出汗，但仍硬着头皮把试卷全部写满。

等成绩的那段时间着实煎熬，经常有亲戚邻居来问你考得怎么样，你已然心烦意乱还不能表露出来。

终于等到查分的那天，跟你的估分情况一致，二本差三分。

摆在你面前的是复读和三本两条路，你想到那些起早贪黑的日子，咬咬牙决定三本就三本吧。

二十二岁，你大学毕业。

男朋友打电话过来喊你下楼，你一脸疑惑地跑到宿舍楼下，远远地就看着他抱着一束花冲你笑得一脸的宠溺。

他是你在大学时代遇到的惊喜，刚上大一的时候，你还有些自卑，讨厌社交的你每天的生活很简单，教室、寝室、食堂、图书馆，正好连成一条线。

高考失利对你的打击很大，你一早就计划着要考研，谁知道后来遇上了他。

他是一个笑容灿烂，对你温柔耐心的男生，你们是在图书馆认识的，临近期末，图书馆开始天天爆满，还好你有固定的座位，没有抢座的烦恼。

那天他过来问你能不能坐你的旁边，你点头说好，就这样他在你身边一不小心坐了四年。

爱情来得措手不及，打破了你原来的考研计划。

他说毕业后就结婚，因为他迫不及待要和你一起有个家，你觉得这样也好，因为你真的很爱他。

二十八岁，你在结婚三年后终于有了第一个宝宝。

是一个眼睛像爸爸、鼻子和嘴巴像你的男孩子，他的到来让你们既欣喜又紧张。

老公在一家国企上班，工作很清闲，但是工资实在撑不起这个三口之家。

你坐完月子以后就立刻回到公司上班，别人都说你太拼了，只有你自己知道，不拼真的没办法。房贷、车贷，孩子的奶粉钱，生活成本大到你难以想象。

三十五岁，你们的孩子开始上小学了。

有两个选择，一个是离家近的双语学校，另一个是学费便宜一半但师资普通的小学，你跟老公因为这件事好几个晚上都没有睡好觉。

晚上下班回来，婆婆把你拉到房间里，给了你一张银行卡，里面是她的退休工资。

你怎么都不肯收，可是老人家比你固执多了，说是不能让她孙子受委屈，你低着头悄悄地抹去了眼泪。

等老公回来的时候，你跟他说起这件事，他叹了口气说，是他不好，没能让你们过上好的生活。

你抱着他，拍拍他的后背什么都没说。

四十五岁，你所在的公司裁员。

领导找你谈话，事发突然你也不知道该说什么，只能默默回到工位开始收拾东西。

回家的路上，路过菜市场，你买了鱼和虾回去，儿子最近又长个了，一想到他，你的心就开始变得柔软。

你跟老公说打算明天就去找工作，他怎么都不同意，让你安心在家里休息，给他和儿子做做饭，就这样你成了一名家庭主妇。

给儿子收拾房间的时候，看到他凌乱的书桌，和他写得满满当当的练习册，你想到你高中时总是偷懒，不禁在心里为儿子的懂事感到欣慰。

五十岁，儿子大学毕业，邀请你和他爸去参加他的毕业典礼。

看着作为优秀毕业生的儿子穿着学士服站在台上发言，你和老公对视了一眼，默契地想起了你们的大学时代。

你想起那时候你们天真地以为只要有爱就可以有最好的未来，谁知道在找工作时处处碰壁，谁都不敢提结婚的事。

你本以为你们可能会分手，但他还是给了你一场姗姗来迟的求婚，你说"好"的那一刻，你们都哭了。

现实磨光了你们对于未来的期待，好在岁月没有待你们太坏。

六十岁，儿子结婚了，新娘是他研究生时的同学。

这两年你的头发白得很快，怕给儿子丢人，你还特地去理发店染了头发，老头子笑话你这么大年纪了，还挺臭美的。

能看得出来他也很开心，破天荒地把儿子刚开始工作那年送他的那条领带拿出来戴，系了半天都不是很满意，只能找你求助。

三十多年前你们结婚的时候好像也是这样的，时间过得可真快啊。

七十三岁，老头子因为突发脑溢血就这样先走了。

儿子和儿媳陪在你的身边，你愣是一滴眼泪没掉，孙子拉着你的手说："奶奶，以后你住我们家吧。"

你笑着看着他，说，乖乖，奶奶哪儿都不去。

午夜梦回，老头子的脸在你的脑海里日渐清晰，你想起你们在图书馆的初遇，你想起他第一次牵你的手，你想起毕业那年他说要跟你结婚，你想起你们这漫长而又短暂的一生。

他冲你伸出手的时候，你笑得很开心，还没碰上就听到了闹钟的声音。

你妈从客厅走了进来，喊你起床说："早餐我做好了，你先去洗漱，一会儿我送你去考场。"

你睁开眼睛看到床头的倒计时，距离高考还有零天。

原来你还是十八岁，原来你还没参加高考，原来一切，都还不曾发生。

你会有很长很好的一生，很多选择的机会，希望你能无悔每一个昨天，走好未来的每一步。

73 就这样一夜长大

一个人是什么时候突然长大的呢?
大概就是离开家的时候吧。
送给还在外漂泊的你,愿你心中有家,走到哪儿都不会害怕。

01

世上文字千千万,如果一定要选出最温暖的一个字,我想一定是"家"。

我不知道现在的你是否和我一样,远离家乡,只身一个人在外打拼。不是家里不好,只是梦想载着你,想要飞往更大更远的地方。

我今年二十二岁,一个人在北京,我的家在南方的一个小镇上,不算贫穷落后,却支撑不起我想要的未来。

你问我一个人在北京难吗?

难,但谁的幸福都不是随随便便获得的,北漂的人那么多,谁不是一边流浪远方,一边怀念故乡。

你问我北京大吗?

大,大到每天我都要辗转一个多小时的地铁才能到我上班的地方。

你问我家小吗？

小，总共七八十平方米的小屋，却是这个世界上最温暖的地方。

听人说过，人越长大，就变得越来越恋家。以前我不信，现在我信了。

虽然每次和爸妈打电话、发微信都在嘴硬逞强，但我知道，那么了解我的他们怎么可能听不出我在外面过得有多难，但他们足够体谅，绝不会戳破我的伪装。

就像明明他们也知道我实现梦想有多难，但因为一句"我想试试看"，再舍不得，他们也会鼓励我到外面看看。

02

长大后，我们听过太多承诺，大部分承诺都停留在了嘴上，说一辈子只喜欢你一个人的爱人，也许转眼就会扔下你，牵起别人的手。

说只要你好好干，年底就加薪的上司，却总是选择性遗忘。

只有爸妈不一样，爸妈对我们的好，从来不只是挂在嘴上。

妈妈说："想吃什么，妈给你做。"

她就真的会比平时早起半小时去菜市场，只为给你买你最喜欢的排骨，炖最浓最香的汤。平时他们都只是简单的一两个小菜，唯独你回家的时候，整个餐桌才会摆得满满当当。

在外面的时候，你偶尔也会嘴馋，想念家乡的味道。只要能邮寄的，他们会立马给你做好邮寄过来，只要回一趟家，走的时候，爸妈恨不得把整个冰箱都给你带上。

爸爸说："没钱了和家里说，爸给你。"

他就会在逢年过节或者你过生日的时候，给你发红包。为了贴补你的生活，他总是费尽心思地寻找这些理由，好让你心安理得地收下这份心意。

03

你问我想家吗？想，很想。

生病的时候想喝妈妈炖的汤，难过时也想和爸爸谈谈。

那么多的苦情歌都没能让我掉一滴眼泪，一句常回家看看却让我红了眼眶。

我们走过那么多的地方，最美不过家乡。

就算在北京最冷的冬天，寒风刺骨的时候，我也没怕过，因为我知道，在南方的一个小镇里，有一个七八十平方米的小窝，那里，有人在等我回家。

74 你想要的明天，会如约而至

来北京之后，我结识了很多只身来北京打工的女孩子，不得不说，她们表面嘻嘻哈哈的，其实在你看不见的地方也曾默默流下委屈的泪水。

分享一个北漂姑娘的独白，希望每一个漂泊在外的你，都能早日找到自己的依靠。

我已经很久没有在12点前上床睡觉了。

关注了很久的电影终于上映了，可是直到下档，我也没来得及去看。喜欢的衣服添加到购物车，直到系统提示宝贝已失效，我也没舍得买。

以前逛商场从来不看价牌的我，现在总能在一堆商品中一眼认出特价标签。我开始知道袋装的方便面比桶装的便宜两块，开始学会舍弃外卖，每天早起一个小时做饭。

我不知道从什么时候开始，看上一样喜欢的东西，第一反应是去看它的标价；遇见一个喜欢的人，第一反应是我配不配得上他。

好像做自己喜欢的事、爱自己喜欢的人变成了一种奢侈的事。

我长大了，不再像孩子一样追着别人讨要糖果了，我每天努力奔跑，努力过大人的生活。

小时候不开心我就哇哇大哭，现在受了天大的委屈，我一个人躲到厕所，也不敢哭出声来。他们说，成长就是把哭调成了静音的状态。

你问我后悔吗？一个人来北京，父母不在身边。周遭人潮拥挤，我却连个说话的人都没有。

我说不，比起现在吃苦，我更怕未来只剩无能为力的痛哭。

是啊，一个人在外打拼的时候怎么可能不想家，谁不想一辈子待在父母身边当个什么都不用操心的小孩，可是这样舒坦、安稳的生活，会让你开心吗？我不会，我不甘心。还没撞到南墙我不想回头，梦还没做完我也不愿意醒。

也有人问我为什么一个女孩子，明明可以活得轻松一些，却要这么努力？为什么要过得这么辛苦？

是啊，我为什么要这么努力呢？大概是为了有一天我喜欢的东西，我能给自己买；大概是为了有一天父母生病了，我能带他们去最好的医院，不管医疗费多少，我能拿得出。

大概是为了有一天，那个人出现的时候，我能骄傲地告诉他，他没来的这几年，我一个人也过得很好，而不用担心自己还没有成为配得上他的人。

我为什么要这么努力呢？因为我想要的有很多，而这些都不是轻轻松松就能得来的。

我想成为更好的人，跌跌撞撞也好，踽踽独行也罢。成长能有多可怕？不过是一个人熬过一些不为人知的苦，不过是一个人尝遍所有孤独。一个人又能有多苦，一直朝前走，哪怕跌倒，重新站起来的我也依然很酷。

这城市很大，我们努力把出租屋打扮成家的姿态。我们故作轻松地说理想会来。也许梦要碎过几次才能重新拼凑起来，也许花要开过几次才能结出果来。但你要相信人会长大，花会开，黑夜会过去，光也一定会照进来。

PART 10

给"程一电台"的告白书

75 你一定要幸福啊

文 / 小庄

嗨，程一，你好呀！

今年是有你陪伴的第五个年头了，真的特别感谢"程一电台"在无数个黑暗的夜晚陪我度过。说实话，2017—2020年，我不止一次想过放弃生命。最严重的有两次，第一次是2017年7月13日那天（具体事情就不说了），直到晚上9点多，我看到了你公众号发的动态，那篇文章是《说实话我曾不止一次想过去死》。

你在文章里说："谁不是一边受伤，一边哭着成长，愿你被这个世界温柔以待。"我哭着一边听你的声音，一边看文章里的故事，我给你留言，你回复我说："我爱你！"我哭得更伤心了，我继续重复听着你的声音，继续看着你回复我的"我爱你"，我开始慢慢释怀，慢慢接受现实，慢慢在你的声音中睡去，然后我等来了第二天的阳光！

第二次是2020年的4月中旬，我跟谈了六年还订婚的男朋友彻底分手了，再加上家庭原因，那段时间整个人魂不守舍，整夜整夜睡不着觉，你可能永远都体会不到那种想死却不能死的心情。后来，我咨询了心理医生，买了一堆心理疏导和自我调节的课，依然会坚持每天听你说"晚安"。虽然那段日子真的很难熬，也很漫长，幸得你陪着我咬牙坚持着。

你说错过的人，就算了吧；你说回不去了，请别再难过了。直到七夕那天，我接到了你打来的祝福电话，你真的不知道我有多开心，像个孩子一样到处炫耀，从此我的世界变得绚丽多彩，我知道你一直都在。

　　在这一千五百多个夜里，听你说着别人的故事，像是说出了我内心深处不愿向别人提起的秘密。后来我慢慢长大，慢慢学会放下，慢慢懂得生活。我开始拥抱阳光，我喜欢清晨的阳光洒在脸上的感觉；我开始拥抱自己，我喜欢那个单纯、快乐的自己；我开始培养我的兴趣爱好，我喜欢用相机记录世间的美好，相机总能发现我们眼睛看不到的另一面美。

　　爱没有消失，只不过是以另一种方式存在；我也没有变，只不过现在的我比较容易满足，一个小小的瞬间就能让我开心一整天。比如刚到电梯口，电梯门就开了；比如我的前面有很多车在等红绿灯，以为要等下一个绿灯才能过，却在第一个绿灯通过了路口；比如预售的商品提前发货了；比如在某件很久没穿的外套里摸到 20 元钱；再比如某天早晨睡过头了，正在想要怎么跟领导解释的时候，突然发现今天不上班。

　　谢谢你真实地出现在我的生活里，谢谢你在每个夜里坚持对我说晚安，谢谢你让我笑着面对每一天。其实，我想说，喜欢程一的女孩子一定都很温柔吧！爱笑的女孩运气都不会太差，希望你们也能被世界温柔以待。如果觉得生活很难，请不要放弃，咬牙坚持下去，一定会得到属于你的回报。程一会一直在，我也会一直在！

　　程一，告诉你个秘密哦，我有喜欢的人了，我会好好把握的，我会像你祝福我们那样祝福着你，你一定要幸福啊！

76 我的圣诞老人

文 / 唯一

都说太注重细节的人很难遇到爱情。

2020年9月,"程一电台"的一篇文章《和注重细节的男孩谈恋爱也太太太甜了吧》吸引了我。里面每一个小故事,每一个小细节都如此让人羡慕与向往,什么时候我也能遇见这样注重细节的男孩子?

现在,我遇到了。

我们的相识就像偶像剧男女主角一样偶然且意外,认识他是因为我们以同行的身份被客户同时约见,本着礼貌客套的原则我们加了微信,也客套地说着"有空一起吃饭"的措辞。那时候,谁曾想我们之间会发生故事。

他因为我无意中说很久没吃农耕记和谭鸭血,就在约饭的时候主动提出"上次你不是说想吃吗?"

他因为我说一直有个想蹦迪的愿望,就默默把这项行程计划在下次见面。

他因为我选择困难,就尽可能地为我缩小选择范围,或者做出我会喜欢的决定。

后来的后来,他给我唱过十二分钟的《情歌王》,他替我挡过酒,也喝醉靠在我肩上睡着过,他吃饭的时候给我夹菜,他会在大庭广众下给我跳舞逗我开心,他会编很甜的睡前小故事哄我睡觉,他不管去哪都会牵着我,他会随时随地和我分享他的日常、他的行踪,他会毫不吝啬地表达对我的喜欢对我的爱,他也会把我计划到他的未来。

最特别的是,他会注意到我微妙的小情绪,哪怕在外人面前我自认已经伪装得很好了,可他还是看出来了,尽管他不知道我突然的无理取闹因为什么,但他还是会想尽办法撒娇扮可爱只为让我开心。

有时候觉得他就像圣诞老人一样,留意着我不经意间说的每一句话,然后一个一个地替我实现愿望;有时候觉得他是个宝藏男孩,会唱歌、会乐器,甚至还会作词作曲;当然更多的时候觉得他像个小孩子,无论在外人面前多么成熟懂事,在我面前永远长不大。他的朋友都说他不懂浪漫,他却把无尽的温柔给了我。

当这个男孩子用细节打动我的那一刻,我想起了程一的那篇文章,看着网友在评论区写的那一个个甜甜的让人羡慕的小场景,我发现,他做的远比我感受到的多。

"对女生而言,细节真的很重要。但是说出口就没意思了。因为伸手要的糖,跟主动给的味道不一样。"而他,像圣诞老人一样,给了我好多甜甜的糖果,当我怀揣着他给我的糖再读一遍这篇文章,我不再向往别人甜甜的恋爱,因为如此注重细节的男孩子我遇到了,如此甜甜的爱情我也有了。

当然,最重要的是,当你手里有糖,心里有爱的时候,你会发现细节对一个男生同样重要。所以当我收获甜蜜的时候,我也希望用自己的细节和温柔去温暖他。

当他给了我最喜欢的橙子味糖果,我也会给他超级甜的草莓味糖果。

77 因为你，我离梦想又近了一步

文 / 云晞

身为"程一电台"的供稿作者之一，在给平台写稿的这一年多时间里，我有太多太多的话想对"程一电台"说。

如果没有"程一电台"，也就没有今天的我。

没有"程一电台"，我写的文字就不会被那么多人看到。

我的思想、我的见闻、我的感悟，我对生活和爱情所有的感知，它们也不会遇见那么多的同路人，并跟他们产生共鸣，互相理解与温暖。

对此，我时常庆幸当初自己做出的那个决定。

那是 2019 年 9 月份。

彼时，我已经从学校毕业三个月。急于脱离象牙塔、投身社会、以证明自己的我，从 4 月份就开始投简历找工作。

为了争取一个未知的结果，我只身一人从广东千里迢迢跑去上海参加一场面试。

在即将跻身打工人队伍的门槛时，现实绊了我一脚。面试没有成功。

由此，我开始了为期五个月的待业状态。

那段时间里，除了吃饭睡觉，所有的时间都用来修改简历，投递简历，以及等待回复。

投出去的简历，百分之九十以上都石沉大海。

我的心情，整个人的精神状态也随之沉入海底。

因为我想找一份和文字相关的工作，我想靠文字养活自己。这是我从大二开始写文章之后就悄悄埋下的愿望。但我应聘的公司，没有一个给我答复。

焦虑和不安几乎吞噬了我。

我开始怀疑自己，觉得自己想要通过写文章来维持生活，这个决定是不是错误的。

就在我准备向现实投降，打算随便找一家公司去上班的时候，我重遇了"程一电台"。

为什么说是重遇呢？

因为在2017年的时候，我就知道"程一电台"的存在，并且关注了公众号。

当时我还加了老板的微信。他把我拉进一个群。群里有几十个人，是平时用来收集信息和意见的，类似于"智囊团"。

然而，我在群里只待了几天。退群之后，我还删了老板的微信。也取消了对公众号的关注。

但一切仿佛都是冥冥之中注定的一样。两年后，当我对生活和未来迷失了方向的时候，我又突然想起"程一电台"。

我抱着试一试的想法，在微信的搜索框里输入"程一电台"这几个字。当那个熟悉的头像再次出现在眼前，我果断点了关注。

兜兜转转，我和"程一电台"的缘分又得以继续。

关注了公众号，不久就看到招聘作者的推送文章。我毫不犹豫地投了简历。

试写了一篇范文之后，小编就通知我，我被录取了！

还记得那天,加完小编的微信,我就连问了她好几个问题:

"范文通过,是不是就意味着我已经成为平台的正式作者了?"

"这篇范文,会在平台推送吗?"

"下一次的文章选题,是要自己想,还是平台会提供?"

小编一一回答完我的问题,又把我拉进了作者群。

我当时就截图和小编的一部分聊天记录发了朋友圈:

"谢谢你,让我离梦想又近了一步。"

谢谢你让我可以证明,原来只要肯努力,只要不放弃,梦想再遥远也会有实现的时候。

也谢谢你给我这个机会,让我通过文字去认识更多人,认识在现实生活之外更广阔的世界。

长久以来,我都不是一个很有毅力的人,没有什么远大抱负,甚至不算是一个很有出息的人。只有在写作这个梦想上,我日复一日地坚持了一年又一年。我坚信文字是有温度的,它不仅会治愈我,也会治愈千千万万个像我一样的人。

感谢"程一电台"为我提供了这么好的一个渠道和平台。希望在接下来的日子里,我可以一如既往地为"程一电台",为关注"程一电台"的所有读者朋友们,写出更多更优质的文章。

我是作者云晞。

我在"程一电台"等你。